做伙走台步

疼入心肝的
24堂台語課

中央社「文化＋」採訪團隊——著

當我的台語 2.0 版時

文／劉克襄

　　約莫十二年前，在東門基督教長老教會，我開了系列戶外生活課程。主要內容是地方鄉土風物，上課學員泰半是銀髮族。

　　第一堂課開頭，盧俊義牧師率先跟學員介紹我的背景時，全部用台語流暢引言。他的語調輕柔又優雅，且帶著溫和堅定的語氣。坐在台下聆聽的我，隨即被這一熟稔的鄉音不自覺吸引，當下便斷然決定，待會兒上去也要入境隨俗，大膽地用台語教學。

　　畢竟，只有透過台語，才能把想要講述的事情，生動而貼切地表達，尤其是面對北京話不甚靈光的長輩們。假若我一開口，就是北京話，一定馬上跟他們出現遙遠的距離。連帶地，想要表達的事物恐怕也會失去熟稔的溫度。

　　麻煩的是，在這之前，我幾乎不曾使用台語教學，因而長達三小時的教學過程裡，不斷發音錯誤，尤其是一些地名和農業事物的唸法上，鬧了不少笑話。幸虧我的教學內容都是舊時生活的趣事，容易激發共鳴。阿公阿嬤也相當和悅，下課休息時，樂得過來糾正我的發音。

第一堂勉強混過後，每週一回早上的教學，我開始認真準備，日後才有機會把上課用的台語詞彙說得朗朗上口。甚而更進一步，努力把想要分享的內容，貼切地完整表述。於是，平常便使用台語思考以及朗誦，似乎也習以為常了。

其實，過去在家裡和父母隨興交談，跟朋友七嘴八舌話唬爛時，早就習慣用台語，但那是沒有拘束壓力的日常語言。當我站在講台上授課，針對表述的議題，熟練地用台語，清楚地闡述一個文化層次的深意，無疑是一微妙的翻轉。每回上台，看著阿公阿嬤聚精會神地享受台語表達的內容，我著實得到某種生活的成就。好像許久未回到鄉間，終於再次學習播田耕作。

我隱隱帶著驕傲和滿足的感覺，彷彿找回某一文化榮光。面對自己生長的土地和上蒼，好像被神明摸了頭，拍過肩膀。有一種，這時終於長大，被歷代祖宗認可的圓滿。

縱使到今天，我的台語還無法講到「真媠氣」，但在講演台上，一看到鄉親，我往往習慣性地使用母語，拉近彼此距離。一如其它族群順口講話即是母語，我清楚知道，這種語言溝通，是其它事物難以展現的文化認同。

有此轉折，台語便不只是生活用語，而是經常得考量，如何使用較為文雅的詞句來表述一件事情，讓它更為活化。但更重要的，也不是講得好不好，會不會全部用台語表述，而是有一種對台語的傾慕，以及想要愉悅學習的態度。我一直充滿如是信心，因而猜想著，我的同仁在採訪線上，報導這個議題時，潛藏於內心的認同，恐怕也有此一微妙的共鳴吧。

這本書也採訪了許多學者專家，各從自己的專業面向，表述個人對台語之期待和摸索成長的經驗。中央社「文化＋」製作此一長

期專輯的目的，主要便是期待透過台語的系列報導，在自己生長的土地，豐富母語的高度，開展更多樣的層次。

　　不管你是哪一個族群，用母語努力講述生活的價值和意義，那是自己給人生成長最好的祝福。台語進行式努力便如此結緣人間，分享江湖。

Lim Giong 林強：
語言是自信，語言就是你

卸下偶像風華，收起不羈過往，走在波瀾不驚的中庸之道，林強默默守護母語文化。

　　林強的故事，或者說林強與台語的故事，無論如何都會、也得從他的音樂開始說起。

　　流行歌曲不但是勾引人學習語言的法門，一向也是反射時代現象的鏡子。一九八九年，台灣唱片史上出現首張銷售破百萬的專輯，那是收錄陳淑樺〈夢醒時分〉的《跟你說聽你說》。那不僅是華語唱片的黃金年代，同時是股市破萬點、台灣錢淹腳目的燦爛時光。

　　隔年，林強以橫空出世之姿高唱〈向前走〉，一躍成為「新台語歌運動」的關鍵人物。那距台灣結束長達三十八年的戒嚴只有短短三年，彷彿也很恰當地暗示了台灣人即將走上一條新的道路。唱台語歌，不再是悲悶苦情的，也不見得是江湖菸酒氣味的表徵，

反而成了另一種抒情、自省、批判的流行時尚，重新定位了台語歌曲在台灣的發展模樣。只憑著一張專輯，林強就成了這波浪潮的旗手。

但是他不太談那段風光的過去，只說直到現在參加同學會，大夥還是會在KTV歌單上點滿他的歌，從〈向前走〉到〈黑輪伯仔〉，促拱著年過半百的他穿上春風少年兄的飄撒。他說自己脫離歌手身分太久，早不練唱，高音上不去，唱了會漏氣，更何況，還得看著MV裡過去的自己，「尷尬。」但他總推辭不過，「只好一直叫大家大合唱。」

像是喬丹說自己不再跳得高，貝比魯斯嘲笑著自己再也擊不中球一般，林強總愛用這樣輕描淡寫的方式，堅決告別那段日子。

昔日頑童的孔廟情緣

答應跟我們聊台語文化之後，林強沒什麼特別要求，只說：「希望約在孔子廟。」因為十年前，他許了願，「每到一個城市，都要盡可能去孔廟，去跟孔子三鞠躬，賠罪。」

與林強見面的那一天，孔廟剛剛告別了上午的一場大雨，廣場上，一對爺孫踢玩著球，閒散的空氣讓人輕鬆愉快。林強哈哈笑著，說起小時候彰化住家對面的孔廟，是自己的專屬遊樂場，供桌可以打桌球，祭壇斜坡當滑梯，屋瓦飛檐是標靶，「我們一群小鬼吵吵鬧鬧，被趕走就轉身繞一圈再跑回來繼續。難怪，後來書讀不好，一看書就想睡，畢竟我得罪的是所有老師的老師。」

走進祭孔主殿，只見他恭敬鞠了躬，凝定了一會兒，一個轉身，他好奇望著門口那座民國五十年鑄成的香爐，瞬間，他的神情

林強的幼稚園畢業照，他說，他的臉應該很好認。圖片提供：林強

　　像是當年那位不知地厚天高的小鬼，他湊上前，輕輕摸撫著，然後弓起手指、敲彈起爐身……，「這真的是純銅鑄的，只有那個年代才有，這聲音……嗯。」

　　回神後，他不忘哈哈自嘲，「還好，自己長大之後是做音樂的，不是辦教育，不然，不知道會怎樣。」如今的林強，似乎已經到達說什麼、做什麼都能很自在的境界。

　　向至聖先師致敬已成林強周遊全台各城市的習慣，在那天下午也成為專訪之前的暖身，成了靜下心來的一個儀式。接下來的時光裡，孔廟外圍的那堵萬仞宮牆，隔開台北的喧囂，也隔開了「歌手」林強。在曾經看著小林強拿供桌打桌球的至聖先師孔子之前，這個「前偶像歌手」說著一路以來曾經的風光和匪類，一度的春風少年與離經叛道，還有那有時逃避著、有時刻意遁世的年華。

他以閱盡風霜的了然卻出奇平靜的語態笑談著自己的過往和改變，最後，像是一列從台中開上台北，再到如今重返台中的慢車進站一樣，他的眼神緩緩帶著自己和旁人一同升空，飄出孔廟、飄離台北，回到了平凡人林志峯成為歌手林強的起點，望向了他數十年來從未改變過的一部分──如何從創作母語音樂定義自己、找回自己，而且還要開創未來。雙眼中，盡是驕傲。

台語歌和無意間的走紅

林強一口答應受訪，對台語的認同無需贅言，「不然我寫台語歌幹嘛。當初大陸市場正開，我應該是要過去啊。」他呵呵笑。

他的台語啟蒙脈絡很清晰。一九八七年解嚴後，以往的禁書已經買得到、看得到，學校裡正經書讀不下去的他，如同海綿般貪婪地吸收著，很認真看完林雙不的《大聲講出愛台灣》，並深受裡頭積極使用、推廣台語文的意識影響，喚醒了他「台語本來就是我們的母語」的靈魂。

那時的林強，已經知道自己此生所愛是音樂。他和所有人一樣，跑去木船民歌西餐廳參加歌唱比賽，和大多數人一樣，他沒有得名；但他也和所有人都不一樣，他不唱情歌、不唱當紅的童安格，他唱自己創作的台語歌，卻唱得所有人側目，也唱開了自己的路。

倪重華後來找上林強當助理，讓他學唱片製作。林強趁著那樣的環境，寫了很多歌，都是台語歌。「最後，李宗盛、羅大佑、陳昇、沈光遠等人都聽了一輪，他們說，不然來做一張台語的。」林強猜想，那時敢說要出台語專輯，是因為世道好、唱片張張熱賣，

「賣砸了這一張，也沒什麼關係。」

接下來的故事，街頭巷尾都知道，〈向前走〉大紅，林強也紅了，黑道、白道都靠上來了。他說，那時才真知道「人怕出名豬怕肥」的意思。林強如夢初醒，他以為愛音樂只需要愛，他忽略了，現實世界的複雜，總需要交換付出些什麼才可能換得些什麼，幾乎是容不得純粹的夢想。

「做公眾人物，就是要交陪，交陪就複雜了。我本來以為，當歌手，就做你的音樂、唱你的歌就好，原來不是，有名了，事情就來了，我才警覺到這件事原來這麼複雜，你開始不是單純做音樂、唱歌了，你要『處理』很多事情了，這是另外一種壓力，慢慢地，我發現我不適合做幕前。」林強說。

所有玩音樂的人，總會經歷模仿、崇拜他人或他團的階段，林強不例外，他那時迷上英國前衛搖滾團平克佛洛伊德（Pink Floyd）。聊起他們，他又成了春風少年兄，在傍晚，天色將暗未暗的魔幻時刻，他開口低唱：「We don't need no education. We don't need no thought control.」

林強的高中年代在台中度過，大約十年後，他在台北成了春風少年兄，走紅歌壇。圖片提供：林強

　　平克佛洛依德這首〈Another Brick in the Wall〉，是他在整個下午專訪中唯一唱出的曲調。「他們音樂前衛，社會意識又很強，你看他歌詞，不要被控制，不要被洗腦……，欸，那是我的榜樣，我學習的對象，我那時想，會不會有天，我也可以跟他們一樣。」

告別走得太快的狂飆

　　一邊崇洋地呼吸著《The Wall》、《Dark Side of the Moon》這些搖滾樂，抱著做音樂「有為者亦若是」的夢，一方面，林強也開始替自己的歌手身分倒數計時，「離開前，我想試一下，試一下台語歌可以做到什麼程度，最後，就是那張被罵到臭頭的《娛樂世界》。」

　　「我的企圖，要比國語歌厲害之外，我要飆上去，飆到跟國外音樂一樣的標準，但我是唱台語喔。於是我去英國，去他們錄音室，去看他們怎麼處理音樂、怎麼製作。」

　　那張專輯的林強，已經不只是向前行，他向前衝、向前飛，他與英國製作人John Fryer合作，整張專輯曲風揉入金屬、電子、舞曲等元素，封面包裝不是美帥大頭沙龍照，而是張抽象風格的插畫。他衝過頭了，「好多人寄回來罵，說我前兩張琅琅上口，怎麼這張這麼吵，說我崇洋媚外、狗吠狼嚎、震耳欲聾。」

　　時隔二十多年，他依然記得那些激烈的負評，那時的他，備受打擊，難受的，倒不是銷量暴跌，而是他自覺想帶給聽眾的，不被珍視，不受理解。直到現在，他才知道當時是自己走得太快，而不是走錯了。

「時不我與。」他淡淡說了這四個字，林強的人生軌道，幾乎也從那一刻慢慢偏離了，他浪蕩匪類，他學著西方樂團的音樂狂飆，也跨過所有紅線。應該說他還是幸運的吧，他終究是別了那一切，也逃開了「27俱樂部」的魔咒召喚，林強笑：「因為我人在台灣，毒跟槍，都不好買。」

在侯孝賢引領下，林強最後遁入電影的世界，不寫台語歌了。後來的日子，他漸漸不上電視，刻意隱身幕後，很多人慢慢忘了他，還記得的也只會認為，林強從此只活在電影配樂的世界了。不過，林強沒有忘記Lim Giong，那個他用台語發音直譯的英文名，他一直都還記得林雙不那些書裡的話，記得他心所愛的台語與這塊土地的文化風貌。

這些年，林強持續用著Lim Giong名號走闖這個不那麼包容理解不一樣的世界，只不過，也許是年歲漸長後的了然，歷經現實人生幻變後的清明，他慣常低調。

他參與了好幾部紀錄片的台語配音：《綠的海平線》、《返家八千里：黑面琵鷺》、《跟著賴和去壯遊》。故宮八十週年，他用台語唸誦黃庭堅〈花氣薰人帖〉；兩廳院三十週年，他在兩廳院廣場開電音party，表現原住民族敬天地祖靈、珍惜感恩的精神。總歸到底，都與台灣這塊土地相關，與人文、環境相關。

本土不只是三太子，也不是排他

林強憶起十多年前和「阿章」陳明章的約定。關於台語文化，關於所謂本土，他們有個戰略：一人顧傳統，一人拚創新。陳明章在傳統的道路上努力，林強則往前闖新徑。

侯孝賢（左）與林強（右），一九九二年在台北大專青年活動中心，為新片《少年ㄟ，安啦》作宣傳。攝影：吳國輝

侯孝賢電影《戲夢人生》一九九二年七月一日於台北開鏡，歌手林強（左二）與童星程奎中（右）、卓舉偉（左）分別飾演不同時期的李天祿（右二）。攝影：黃慧敏

在很多面向上，台灣社會或許慣常從眾，習慣既有的，不做新的，「所以很多人以為的傳統或本土，就是那個樣子，三太子、民俗、藍白拖，那都對，但還有更多。阿章聽得懂，他說他做傳統，所以我就去走實驗的、新的，那是寂寞的，但甘願受，因為是歡喜做。」

林強的觀念，說來還是叛逆，與一般主流不同。當所謂本土意識抬頭，很多人高揚本土旗幟，招搖過市，他卻認為本土是自然，是生命一部分，不用強調，「你就是你，你就是這樣來的啊。」

林強的本土心帶著一份海納百川的開闊，他不設限本土的可能範圍。所以故宮、兩廳院找他合作，他欣然同意；彰化溪湖的服裝設計師葉珈伶邀他合作形象影片，雲門舞集未來的藝術總監鄭宗龍請他為舞作《十三聲》操刀配樂，他也應允。

比較少人知曉的，林強還參與了創用CC授權推動，「這外國來的觀念，心量很好、很大。本來，你今天有的，都是社會給你的，所以你有的，回饋給社會用一下，不要緊的。」他認為，做音樂該求的是長久不是一時潮流，「歌曲、台語歌的價值，是要讓人唱。」

他覺得台語文在台灣的發展，經常不由自主落入對立、二分甚至泛政治化的局面。舉例來說，並不是為了台語、本土文化，就得徹底揚棄中國的一切。林強搖著頭說，不需要因為意識形態而刻意切割那麼悠久的文化、古籍，「中國人孝順父母，難道台灣人不這麼做？……刻意切割，台灣文化會更狹隘。別人小沒關係，我們要大、我們得有器度。」

林強甚至宣揚：經典古籍可以用台語來讀。不過，正因為他念《弟子規》，上一回在台南就被人罵，「有人說我向中國靠攏，我

說我們不要二分，不要排他，那會是台語發展的陷阱。」

台語文美麗新世界

聊著未來的希望，林強是既務實又浪漫的。他說，台語要推廣，得要有話講，「我們的使用不能只停在生活，必須更知識、更有深度，我希望知識分子可以圈在一起，大家講哲學、科學，講生物多樣性，聊美術、音樂，找不到話講的人，就在旁邊聽，去學怎麼用台語講那些話，然後再出去跟朋友一起分享。」

林強提倡以讀書會形式落實上述想法，他也認為該有台語媒體頻道，「不論是電視台或網路平台，都是可以努力的方向。」說到此，他的開闊持續延展，「我希望那樣的平台是公共性的，是國家支持的，而不是追求收視率的、商業化的。走教育系統太複雜，太容易會捲入政治，但台語文現在發展的問題其實是：高深的知識領域只用華語討論。」

「像TED這樣系列的講座，建議可以成為 TED x 台灣，邀請使用台語文來分享的講者，也可增進台語文與台灣、國際的接軌。」

每個人都是獨立個體，有自己的思想養成與意識形態，在林強眼中，人有自己的堅持與主體性是必要的。台灣曾被黨國教育洗腦、影響，當明白了那些歷程，林強對於強力的顛覆與排他並不以為然。

立場堅定，但林強以中庸之道實踐，他不要愛得太用力、喊得太變形，「咱較自然咧，毋通鋩鋩角角那麼多、那麼硬。要突破意識形態，不要為了什麼台灣本土文化就排他，就認為中國的東西都跟台灣無關，我們就是盡量用台語，如此，民族才會有自信，我們

才會自在。」

　　華燈初上，原本安靜的孔廟只剩椰子樹下的我們，變得更加脫世。在分手之前，我們問林強，語言是什麼？「語言就是你的自信，語言就是你」，他在揹起背包，沒入廟旁熙來攘往人群中之前，是這麼回答的。

（文／汪宜儒）

幕後觀察 ────────────────────────

做自己

　　對我這樣六年級前段班年紀的人來說，林強和他包括〈向前走〉在內的音樂作品，具有難以取代的時代意義。不過，他的名字有如神一般的如雷貫耳，卻又總是個謎樣的存在。幾乎每個人都知道，林強不隨便接受專訪，所以一得知林強點頭答應受訪，就硬是用「陪訪」名義軋上一腳。

　　有點出乎意料的是，在整段訪談過程中，林強幾乎是很刻意的不去提那段風光歲月，那段我們因為音樂而瘋狂愛上他的日子，彷彿那是段陰暗無比的時光。當然，事後從他的訪談大概可以了解為什麼──因為當時他雖然紅透半邊天，但是並不快樂。就在眾人欽羨、注目林強登上音樂高峰的時刻，他知道自己再也無法當自己，而這是百分之百違背了搖滾的精神。

　　所以當林強隨口哼出Pink Floyd的歌詞，描述他對這個偉大樂團的

每到一個城市，林強都會特地到孔廟走走。攝影：吳家昇

崇敬，同時對《娛樂世界》的失敗而喟嘆，絕口不提過往風華，我終於能夠理解，他為什麼還在身體力行著「向前走」這三個字，而不「向後看」自己曾擁有的光芒。搖滾和音樂，最終在於要求面對真實的自己。

當他結束訪問，抓起背包，無人搭理，自由自在地鑽進孔廟旁人群，在暮色市場的街道上走遠，我竟為這個曾經是全台灣最知名的憤怒青年的中年大叔，感受到一絲喜悅。無論是我或是他，向九〇年代的林強告別，一點都不悲傷。

（文／王思捷）

27俱樂部　27俱樂部（The 27 Club），是流行於西洋樂壇與文化界的一個傳奇性名詞，形容許多知名歌手、演員或作家都在二十七歲年紀撒手人寰的現象，死因多數與他們高度戲劇化、不羈的生活型態有關，例如吸毒、酗酒、自殺、車禍、遭到謀殺等等。儘管缺乏強有力的統計數據支持，這種說法至今仍廣泛流傳討論。

一九六九～一九七一年間，滾石合唱團布萊恩瓊斯（Brian Jones）、吉他怪傑吉米罕醉克斯（Jimi Hendrix）、藍調歌后珍妮絲喬普林（Janis Joplin）和「門」合唱團主唱吉姆莫瑞森（Jim Morrison）相繼辭世，27俱樂部的說法不脛而走，此後未曾間斷。後續又有一九九四年Nirvana樂團主唱寇特柯本（Kurt Cobain）、二〇一一年女歌手艾美懷恩豪斯（Amy Winehouse）的離世，使許多樂迷對此傳奇更深信不疑。二〇一七年十二月南韓團體SHINee歌手鐘鉉（Kim Jong-hyun）死亡，時年亦為二十七歲。

台語課

飄撇（phiau-phiat）：形容男子帥氣、灑脫不羈。

匪類（huí-luī）：指人消耗浪費物資，不知節制；或形容人不學好、遊手好閒。

鉎鉎角角（mêmê-kakkak）：指事物細微而重要之處，引申為做事的原則或關鍵。

做伙來唱歌

《向前走》為林強第一張台語專輯，一九九〇年十二月七日發行後，引領台語搖滾風潮，創下銷售四十萬張的紀錄，成為新台語歌運動重要的代表作品。〈向前走〉亦為一九九一年金曲獎最佳年度歌曲。

〈向前走〉（歌詞節錄　作詞：林強）

火車漸漸在起走
再會我的故鄉和親戚
親愛的父母再會吧
鬥陣的朋友告辭啦
阮欲來去台北打拼
聽人講啥咪好康的攏在那
朋友笑我是愛做暝夢的憨子
不管如何　路是自己走

陳明章：
吟唱台語的溫度

生命底蘊就在那裡，我每次要彈 Blues（藍調），最後都會彈成南管。

為了二〇一七年十二月八日在國家音樂廳「戀戀三十」音樂會，半年多來，陳明章都專注在準備音樂會及新專輯錄音的閉關狀態，這是「閉關」之後的第一個訪問。寒流來襲，隆冬低溫讓他在二十多年前搬樂器受的脊椎舊傷，更顯疼痛難耐，由於採訪題目與台語文有關，「所有的起源都從語言開始。」陳明章講了這句話，接著就滔滔不絕了。

我們尊稱陳明章為「國寶」，陳明章聽完大笑，「莫亂啊！國寶攏是死了叫的。」他在北投工作室裡頭時而坐、時而立，邊指著堆在屋子裡的碗、罐子，「這些都是我老婆收的老東西！這些才是國寶！」即使陳明章不認為自己是「國寶」，寫出電影《戀戀風塵》電影配樂、《戲夢人生》電影配樂、〈伊是咱的寶貝〉、〈流

浪到淡水〉、〈追追追〉的他，在樂壇的份量不言可喻，尤其他善用「台語」，在台語文化中，這個持琴的阿伯，絕對是重要角色。

廟口的生活美學

　　音樂「都是有故事的！」陳明章呵呵笑說，他的樂曲和台語歌詞，也全是從土裡長出來的東西，「小時候我都在北投市場那邊看戲啊，那時候每天都在看歌仔戲、布袋戲！」陳明章憶起遙遠、壓箱的回憶，「椅子一拿就到廟口看戲！」從小陳明章就是個戲迷，一年三百六十五天就有三百六十五場戲可看，布袋戲、歌仔戲、北管、南管都是他的愛，總是被台上的戲偶動作、身段、唱腔吸引。

　　所以他豪邁地又笑說：「我對本土文化的認識是從生活裡來的，根本不用學！」更遑論當時「台語電影」正興，《溫泉鄉的吉他》、《王哥柳哥遊台灣》、《大俠梅花鹿》等台語電影全在北投取景，看戲、看拍戲，「台語」的美感，在這些娛樂產業、民俗文化的加工之下，變得更有味道，打從童年起，對陳明章而言，「台語」可能就是全世界最美的語言。

　　然而，野台電影不過只是啟蒙，在那個年代，說「國語」才是王道。

　　陳明章從國中就開始愛音樂，國二時，哥哥借了他一把吉他，從此就迷上了這種樂器，每天趁阿嬤睡覺，就溜到廁所苦練到凌晨三、四點，高一還彈吉他彈到留級。胡德夫、楊祖珺等民歌手那些年以「用自己的語言，創作自己的歌曲」為口號，玩起了國語「民歌」，陳明章雖然從小講台語，但他還是選擇跟鄰居李宗盛一塊兒，用「國語」開始了他的創作。

抱起月琴，陳明章隨興吟唱古詩。圖片提供：陳明章音樂　攝影：陳紀樑

　　高中畢業時，他寫下第一首創作曲〈柳絮〉，這首被他稱為「華語歌」的曲子，是為了報名金韻獎創作組而寫，最後落選，曲子當然也沒發表過。他苦笑說，選擇用華語創作一來是戒嚴時期有不少台語歌都成了禁歌，再加上那個時期是「群星會時代」，他寫的台語歌，幾乎沒法發表，民歌手「用自己的語言，創作自己的歌曲」，陳明章東西寫完只能唱給自己聽。

　　「說起來，用『華語』一直寫不出我內心最深層的東西。」陳明章總用「華語」這個詞來形容一般所謂的「國語」。二十六歲時，他父親中了風，原本出門在外到處打零工的他，回到了從小生長的北投，一邊照顧爸爸，一邊幫母親看管銀樓，晚上在自己開的音樂教室教吉他。

　　回到故鄉北投，很多原生的東西也湧上了心頭，他記得，就在那段時間，聽到說唱藝人陳達的歌，「他沒進過學校、不識字，靠著一把月琴，用故事敘述方式，把一九三〇年代台灣日治時期的生活、文化寫進歌曲裡。」陳明章陷入回憶，順著說下去，「那時候我發下一個心願，要和陳達一樣，把台灣六〇、七〇年代的文化變成音樂、歌詞，讓下一代了解這個時代。」當然，他不再用「國語」了，「內心最深層的東西」，就是野台的戲，就是他從小跟阿嬤說的「台語」。

　　母語像汽油，陳明章的話匣子像引擎，突然轉開來，一句句話都說得興致勃發的。他說，他下定決心用台語創作後，就開始四處採集故事，慢慢延伸創作，書寫屬於台灣的土地之歌，他和陳明瑜合作寫下第一首台語創作曲〈唐山過台灣〉，描述祖先渡海來台的心情，用歌謠寫台灣的庶民文化。

　　接著他又寫了〈下午的一齣戲〉、〈基隆嶼的港口〉、〈阿美

情歌〉、〈阿嬤的五分仔車〉等歌曲,「那幾年創作欲望好強,寫歌寫到會感動掉眼淚。」他說,台語的文化性強,可以把生命感放到很強,「這是華語寫不出來的!」音樂阿伯激動了起來。

土地的溫度得在土地上傳下去

「台灣民謠最美麗的便是台語中的七音八調,唱唸起來會『牽絲』」,陳明章興致來了,順口念了一段李白的詩,「君不見黃河之水天上來,奔流到海不復回」,他聊起河洛語才是唐朝的普通話,「這句用華語唸,根本唸不出平仄嘛!」接著他又再用台語唸了一回,把〈將進酒〉唱成了一首詩歌,「華語在寫作上或許好表現,但台語在唱腔上有它的優勢。」

曾經連續好幾年,他寫的台語歌根本賣不出去,但他沒放棄,陳明章寫出來的,就是自己心底的東西。有一次因緣際會下,一位朋友把他自彈自唱的錄音帶拿給導演侯孝賢,過了半年,陳明章竟然接到侯孝賢助理的電話,問他願不願意為電影《戀戀風塵》做配樂。

當時陳明章有一把四萬多塊錢的Ovation吉他,但卻彈不出他想要的味道,「一彈下去就是美國的」,後來只用一把不到千元的二手吉他彈奏自創曲調,沒想到這來自台灣土地的樂音,得到一九八七年法國南特影展最佳配樂獎,讓他贏得台灣影史上第一座國際大獎。

寫自己的歌,踩著台灣的土地,陳明章這個曾經打零工、搬重物、默默無名的本土音樂人,靠著最單純、最在地的信念,終於被樂壇注意到了!有感於戒嚴時期政府禁止人們說方言,王明輝、陳

陳明章自創「二音和弦理論」。圖片提供：陳明章音樂　攝影：陳紀樑

主惠、司徒松等一起組了「黑名單工作室」，邀請了好友陳明章、葉樹茵，還有剛退伍的林暐哲演唱，推出《抓狂歌》專輯，一反過去台語悲情的傳統腔調，改以民謠、搖滾的形式來呈現台語歌，重新看待與母語之間的關係。他們的第一張專輯《抓狂歌》成為掀起「台語搖滾、新台語歌」風潮的鉅作。

一九九三年，他應勵馨基金會「拯救雛妓」活動寫了首〈伊是咱的寶貝〉，那時沒太受關注，反倒是二〇〇四年被選為「二二八百萬人手牽手護台灣」活動的主題曲，從此被用在許多政治與社會運動場合上，傳唱極為廣泛。

一九九五年，他為盲人歌手金門王與李炳輝，寫下台灣人都耳熟能詳的歌曲〈流浪到淡水〉，還得到第九屆金曲獎流行音樂作品類最佳作曲人獎；一九九九年為電影《天馬茶房》譜寫主題曲〈幸福進行曲〉，得到第三十六屆金馬獎最佳原創電影歌曲獎；二〇〇〇年為黃妃量身譜寫台語歌〈追追追〉，不僅成為黃妃成名作，更被封為台語歌的神曲。

陳明章不大說自己的「成就」，對他而言，只是一步一腳印地這麼做音樂罷了。他歪著腦袋想了想，笑說，「我寫的歌會感動人，是因為有溫度。」歌曲是生活，生活也是歌曲，沒有故事的音樂是空虛的，陳明章筆下的每首歌，總能唱進台灣人的心坎裡，「因為生命底蘊就在那裡，像我每次要彈Blues（藍調），最後都會彈成南管。」

近十多年來，他開創「陳明章二音合弦理論」，將音樂文化在台灣這塊土地上深深扎根，「起碼我做到一件事情，要是我死了，可以大聲說：南管理論、北管理論、布農八部合聲理論……在我手上沒有失傳。」陳明章終於有點驕傲了起來，自豪地笑說：

「以後南管調弦吉他、海洋調弦吉他、三弦調弦吉他、月琴調弦吉他，絕對會是世界上經典！」

陳明章剛剛幾乎忘了脊椎的痛，直到現在，才又因為話題想起，他的脊椎因為變形無法搭乘長途飛機，再加上每週有三天時間在教學，因此推掉不少國外大學教學邀請，「我不去外國教，叫外國人來朝聖」，他認為要學會一種文化，要先學會那個地方的語言，「要學，就要來北投看陳明章的故鄉！」他脊椎不好，現在身子卻挺得神采飛揚。

在他眼裡，文化可能就像醇酒，有溫度、要感受的，工作室裡收藏的那些古董，那些日治時期的陶碗、台灣早年使用的燈具、台語黑膠、卡帶，就是「溫度」，陳明章笑說：「我收藏台灣的溫度，阿嬤那個時代的東西，我對故宮的東西沒感情。」總是要從這塊土地發展出來的物品，才能找到歷史刻度。

採訪結束，他繞了工作室一圈，口裡用台語碎唸著，「老婆買了好多老東西放在工作室，卻也沒給我三、五坪的個人空間。」陳明章這邊走、那邊瞧，不再跟我們講「國語」，精神奕奕地用台語繼續閒話家常，天氣冷，工作室卻好像也有了挺暖和的「溫度」。

（文／鄭景雯）

成名的代價

陳明章本人比螢光幕前還要小一隻，採訪這天全台氣溫驟降，北投飄著毛毛細雨，他比約定好的時間晚了十幾分鐘才到工作室，每回遇上這種天氣，陳明章脊椎舊傷就會復發，再加上早上起床不小心跌倒，他為了抓住牆壁，右手中指的指甲「啪」一聲斷裂撕起，只能用OK繃包著傷口，這陣子要彈彈吉他、撥撥月琴，恐怕是心有餘力不足。

陳明章的助理特別下樓扶他上樓，即使戴了毛帽、穿上羽絨外套禦寒，他的身子仍有些顫抖，「這種天我最慘了啦，脊椎受傷，沒辦法拉直」，六十一歲的他嘴裡喊著痛，身軀也不停扭動，像隻蟲一樣，無法在同一個位置久坐。

一九九三年他就受了傷，復健二十四年，還無法改善脊椎的變形。受傷原因很多，早年踏入音樂圈之前，陳明章日子不好過，賣過成衣、鋼琴，也騎摩托車載魚到市場、搬重物、搬鋼琴，加上長期彈吉他坐姿不良，導致脊椎、髖骨都扭得不合常理。

紐約大學曾邀請他到美國教學，陳明章只能苦笑婉拒，「你們學生來台灣吧，來朝聖啦！」搭長途飛機等於要他的命。我問他每年冬天都得痛上好幾回，身體熬得過嗎？陳明章無奈地笑說：「這是成功的代價，好慘。」

二音和弦　陳明章在月琴兩條弦的基礎下，發展出的調弦理論，二音和弦轉換成月琴調弦吉他、三弦調弦吉他、南管調弦吉他、海洋調弦吉他，他汲取台灣傳統的音律，將其現代化，成為不同的吉他調弦，成為另一種台灣世界音樂的展現。（資料來源：陳明章音樂）

台語課

牽絲（khan-si）：拉長絲，本指蜘蛛結網拉絲，延伸為聲調尾音上揚，如絲抽線。

滅火器：
台語是照亮島嶼的天光

見證社會氛圍對台語的歧視，楊大正說：「有一天有能力寫出美麗的台語作品時，我希望可以為這個語言平反。」

　　「天色漸漸光，已經不再驚惶」，二〇一四年的三一八太陽花學運，樂團「滅火器 Fire EX.」主唱楊大正和團員用短短兩天時間完成台語歌〈島嶼天光〉詞曲、編曲和錄音，為占領國會的持久戰注入一股暖心照應，而這一仗也為滅火器打響知名度，讓世人關注到這個年輕熱血樂團，如何用音樂關心這片土地。

　　以龐克搖滾為基調，來自港都高雄的滅火器成軍已十八年，二〇〇七年發行第一張專輯《Let's Go!》之後，陸續從live house小舞台到征戰各國音樂節的大舞台，用貼近生活的詞曲道出許多年輕世代的心內話，逐漸累積人氣與實力。

　　二〇一五年對滅火器來說，是撥雲見日、被天光照亮的一年。他們迎來第一座金曲獎，為太陽花學運創作的代表歌〈島嶼天光〉

來自港都高雄的滅火器成軍已十八年，二〇〇七年發行第一張專輯《Let's Go!》之後，陸續從live house小舞台到征戰各國音樂節的大舞台。圖片提供：火氣音樂

獲最佳年度歌曲。當年入圍該獎項的大咖歌手還包含歌神張學友、歌后蔡依林，當滅火器乘著眾人歡呼聲站上台，從香港女歌手莫文蔚手中接過獎座，成員四人難掩激動，台下許多歌手也起身鼓掌。

〈島嶼天光〉不僅是許多人對三一八學運的記憶共鳴，在金曲殿堂上獲獎更有其歷史意義和指標性，楊大正那一晚得獎感言說：「這首歌因為一場民主運動而生，讓我們繼續保持熱情和愛，付出給我們最愛的台灣，讓台灣成為更美好的國家。」他用堅定的眼神，望向所有關注這場頒獎盛事的觀眾，喊出對音樂的熱情，還有和這片土地共生共長的愛。

不是母語的母語

楊大正是滅火器的靈魂人物，身兼主唱和主要詞曲創作。很難

想像，不斷嘗試用台語寫歌的「大正」，其實出身於外省人家庭。

在楊大正的成長環境中，小時候常跟著家人聽鄧麗君、白光的國語老歌，雖然家中不反對他講台語，但家庭間溝通其實都不使用台語；反而是他的父母親和外人講電話時，他才會接觸到。這才發現，台語對他來說並非母語。

南部的台語環境相對普遍，對於在高雄長大的楊大正而言，進入校園才真正開始親近台語。在國小、國中時期，伍佰的歌正紅，當年的小男孩除了感覺「台語很帥」，也開始對台語充滿興趣。一直到高中畢業，林強的歌陪伴他走過迷惘，更讓他發現，有些台語詞彙的意境和美感是中文呈現不出來的，「是很了不起的語言」。同樣是高雄人的貝斯手陳敬元則說，小時候父母聽的音樂偏向台語老歌，或是一些日本演歌改編的歌曲。求學時期同樣受到林強、伍佰的歌影響，也促成他往後想寫台語歌。

聽著前輩林強的《向前走：十年精典》，楊大正驚覺原來已經有人走在那麼前面，但也才發現，原來林強早就不再唱歌了。楊大正直言，現在回頭聽林強的《娛樂世界》專輯，也不覺得是古老的東西。伍佰的音樂實力，也讓楊大正十分尊敬，「他的吉他很強，詞曲深入人心，身為天王的他實力可說是無人能及。」而當年的小粉絲如今已成音樂人，追尋著前輩的腳步持續成長。

被歧視的美麗語言

楊大正回憶，以前有女生聽見人說台語會睜大眼睛，她們訝異的原因，讓他感到十分在意。他替台語抱不平，為何如此美麗、文雅的語言，卻飽受整體社會氛圍的歧視。「我會希望當我有一天，

有能力寫出美麗的台語作品時，我希望可以為這個語言平反。」那個覺得台語很帥的男孩，在成長過程漸漸愛上台語，走上音樂路後，台語自然而然成為創作的元素，也是他一直創作台語歌的原因。

楊大正認為，滅火器可以「當大家的伴」，告訴和他們年紀差不多的樂團，寫台語歌不會是孤單的，因為「滅火器也在做」。
圖片提供：火氣音樂

　　「我喜歡這個語言，我被這個語言的美感所吸引，所以所有外面的歧視和那些不平等，在我眼裡都是很忿忿不平的，這個東西那麼美，怎麼被講得一文不值。」

　　和他同一世代的人，正統教育中尚未有台語教學，「台語是相對受歧視和弱勢的語言」，楊大正回想，小時候講台語卻被笑的同學很多，還有人覺得「很俗」，甚至曾親耳聽過別人批評：「他講台語，超沒水準。」不禁令人疑惑這兩件事有何關聯。

　　「其實客家話和原住民語言使用的人更少，相對也更不被尊重」，楊大正接著說，現在不舒服的歧視和感受已減少許多，而他也發現，無論是政府還是民間，已察覺母語若無傳承意識便將面臨消失的嚴重性，在台語納入正統教育後，社會逐漸正面看待多元語言的價值觀，也間接讓母語創作意識抬頭。

入木三分的魅力，造就貼近人心的詞曲

　　楊大正的台語學習歷程都是來自口語和生活經驗，雖然在他創作詞曲中，每個詞意的用法不全然正確，卻偶爾會遇上被人刁難台語的用字遣詞，他語重心長地說：「面對台語，不見得要對每個人都很嚴格。」對滅火器而言，他們樂意透過很多台語專家的指導成長，當出現嚴厲指責時，除了虛心受教，團員們則是抱著「感謝的心」上了一課。

　　楊大正創作台語歌，其實都是順從靈感的牽引，依照腦海浮現的旋律譜曲，他強調：「如果有個旋律很喜歡，但任何台語放進去都不對，我就會放棄它成為一首台語歌。」他在受訪過程中像個台語小老師般，分享台語創作的方法，「把音樂拿掉，歌詞唸起來一定要很口語化，若是平時不會說出口的話，對我來說，就會有點牽強。」

　　台語的迷人魅力，楊大正用「入木三分」形容，在他眼中，台語文的形容詞往往比國語還要傳神，除了更生動、活潑，也更具有畫面感。他直言，台語的優勢就在力道的穿透力，幫助情緒表達更到味。他簡單舉例，以台語說「我很肚爛（㨃屎）」和用國語講「我好生氣」，不爽的力道旁人聽起來就有很大差別，而台語的八音韻，比國語的五音更豐富多段。在陳敬元眼中，無論是說話或唱歌，台語的流動感十分優美，「這點真的是其他語言比較難做到的」。

　　如今三十五歲的楊大正，已從血氣方剛的少年到成熟穩重的大人，他寫出來的詞，總是能貼近年輕世代的心境。無論是鼓舞著在陣陣風湧上漂浪仍勇敢追夢的〈海上的人〉，或用〈晚安台灣〉安

二〇　六年滅火器在桃園棒球場舉行上萬人演唱會，是成軍以來最大規格演出，舞台上成員肩搭肩打氣。圖片提供：火氣音樂

撫鼓譟的人們，抑或是訴說遊子離鄉愁情的〈長途夜車〉，句句唱出年輕人時而疲憊卻保有堅強的心境。

回顧滅火器首張專輯，台語歌只有四首，楊大正感受到，當時寫台語歌的人還沒那麼多，常常會被講「他們的歌有台語」。他笑著說，那時專輯裡有台語歌好像是一件特別的事情，如今十多年過去，台語歌已成為炙手可熱的創作風潮，對他而言，當時用台語創作，選擇最適合的語言描述心境，是十分自然的。

眼見台語歌創作能量漸漸興起，楊大正認為，滅火器可以「當大家的伴」，告訴和他們年紀差不多的樂團，寫台語歌不會是孤單的，因為「滅火器也在做」，他也樂見如今台語創作的能量，比他們剛開始玩團時還更普及。

回首來時路，暖心向前行

當年走闖大小舞台的滅火器，如今演唱會場場爆滿，二〇一六年更成為首次在棒球場舉行萬人演唱會的樂團，用人氣與實力向外界證明滅火器的音樂魅力。楊大正分享，常有歌迷對他們說，「我是因為想聽懂滅火器的歌，才去學台語」，還有人因為聽了他們的歌，「台語變強了」。看在楊大正眼裡，這樣的效果是他一開始想不到的，他坦言，這些作品都有自己的路走，被誰聽到、影響誰都無法預知，然而，這些肯定都給予楊大正很大的鼓勵。

二〇一七年底楊大正升格人父，當奶爸、顧小孩也甘之如飴，每天固定的作息讓他十分喜愛這樣「直線」的生活。他提到，在沒有小孩前，會有很多空閒的時間，時常一摸起手機時間就浪費掉，現在的「楊爸爸」找到空檔反而能更專注寫歌，這樣的影響也漸漸

反映在滅火器新專輯創作上，「很多首旋律很直接，沒有太多華麗的轉折」，也令他十分期待新專輯的成果。

團員回想起滅火器剛出道的困頓歲月，陳敬元提到，錄第一張專輯時大家很窮，琴也很爛，他的朋友認識五月天貝斯手瑪莎，因此想商借一把琴，沒想到瑪莎聽聞後，直接借兩把，錄完甚至直接送給滅火器，到現在彼此遇到都會關心，讓他們十分感念前輩的照顧。

問及滅火器是否有想合作的對象，楊大正則是有些尷尬地說，滅火器處在中國的黑名單上，因此不太會打擾身邊的人，深怕造成合作對象在中國發展的困擾。他說，除了〈島嶼天光〉引起廣大關注，早期他們還會參加藏獨、台獨意識形態的音樂活動，他推估，應該從那時起就被中國政府注意。

訪談尾聲回到許多人認識滅火器起點的〈島嶼天光〉，也許是經過約一小時的對談，楊大正漸漸敞開心懷。他坦言，學運後被關注的程度太大，「我們其實滿驚慌的」，以前要做什麼，媒體都愛理不理，但那時什麼都不做就會整天被新聞追著跑，十分無法適應。

楊大正進一步解釋，那不是「終於出頭天」的高興，而是常會有人「貼標籤」，什麼事情都要把他們跟政治綁在一起，「我們確實有很明確的意識形態、政治理念，但我不覺得這東西要和音樂綁住」，他張大眼睛說，就連期許他們從政的目光也投射過來。

沒想過〈島嶼天光〉的迴響會如此深鉅，雖然現在滅火器團員們已相對自在許多，但楊大正自嘲，應該很少有玩樂團的出現在政治社會版面那麼多次。如今他回頭看當初寫下〈島嶼天光〉的做法，依舊認為是很正確的決定，「起碼那個時候有幫這場運動留下

一首配樂」。

　　一場學運，一首充滿記憶的歌曲，這一道光，可遇不可求。對楊大正來說，不僅是照亮滅火器前方的道路，也使他們散發更加耀眼的光芒，期許繼續用暖心的詞曲熄滅人們的不安，再用狂熱的音樂燃向每一寸土地。

（文／江佩凌）

幕後觀察

鼓舞島嶼的台語奏鳴曲

　　依照以往專訪「創作樂團」的經驗，無論是樂手或主唱，他們拋出來的想法有時會令人招架不住，而專訪「滅火器」讓人更戰戰兢兢，因為他們曾是勇於站在社會運動浪潮上的一群人，大聲說話的力道想必是直球出招。

　　平時滅火器出沒的地方，就在熱鬧的台北市東區辦公大樓中，我們前往他們堆放著樂器的會議室專訪，見到大正隨興的坐姿、敬元在旁耐心聆聽，說實話讓我放鬆不少，聆聽著那些覺得台語很帥的男孩們，是如何談論台語迷人的魅力。

　　雖然說，我是因為〈島嶼天光〉而認識他們，但要說我最喜歡的歌曲是〈海上的人〉，而且是一聽就「牢（發音：tiâu）」的那種，讓我真實地感受到：「台語歌怎麼可以唱得這麼帥！」裡頭每一句氣口搭配的音樂旋律，竟如此密合、百聽不厭，著實把台語歌的「飄撇」魅力唱進人心（我心）。

　　在滅火器之後，我遇過不少新銳音樂創作人，他們開始談論台語、

寫台語歌，對他們而言，滅火器是一個可敬又可以學習的對象，因為他們喚醒了年輕人親近母語的意識，以台語創作出鼓舞這片土地的奏鳴曲，期待他們繼續用音樂撼動更多人心。

台語課

出頭天（tshut-thâu-thinn**）：比喻脫離困苦，過順遂的日子，引申為出人頭地。**

張睿銓：
再見嘻哈，返去囡仔到最初

我想要寫一首歌，清楚記錄二二八對國家暴力的控訴，這是我想要寫的。

　　也許是最初，不知道該如何起頭。張睿銓他講了一個小時候的故事：四、五歲時，在嘉義民雄阿公家三合院的一口小井旁，某天下雨午後有條蛇正在在吞食一隻青蛙，霎時青蛙的頭完全被蛇嘴吞沒，露出兩隻蛙腿動呀動，大概就這樣完了吧。

　　「三合院的小朋友看到都嚇跑了，我當時第一時間也是跑了，後來想了想不太對，拿了個石頭跑回去，我對著那隻蛇擲石頭，蛇把青蛙吐出來，蛇跑走了蛙活下來了。」

囡仔，你著愛會記

　　「我一直都想要寫一首描述二二八和白色恐怖的歌，」從小就

跟著差五歲的哥哥一起聽音樂，兄弟共眠的床頭收音機裡，哥哥放什麼他就跟著聽，對重金屬和Hip-hop尤感興趣。批判題材在西方不算太特別，很多歌都唱和著家國社會，不同文化語言的族群都在做這件事。

「台灣為什麼一直沒有這樣的歌出來？我想要寫一首歌，清楚記錄二二八對國家暴力的控訴，這是我想要寫的。」

也許，台灣人的各類型藝術創作因為受限過去文化社會薰染，而形成了某種框架：不要談政治、不要去批判。張睿銓成長過程中則沒有這種束縛，於是在他的創作中，刻意擺脫對語言價值觀的限制，以台語嘻哈打破對使用台語者偏見的框架。

「我們會對創作題材局限，很多時候是自己給的，能否突破應該先反問自己有沒想過這個問題。」

原以為〈囡仔〉直白的歌詞曾經困擾他，事實上並沒有，張睿銓反而更加謹慎地處理歌詞史觀：一首歌要好聽、有情感的表達想敘述的主觀事件，考量不同族群對同一歷史事件的不同觀點。如何取得平衡，是他創作時面臨很大的挑戰。即便如此，在他心裡〈囡仔〉仍未臻完美。

「一方面我希望能盡量做到所謂的客觀，但一方面又難以避免的，若說她是個藝術作品，通常一個最沒藝術價值的作品就是客觀作品。至少在當下，她記錄了我想要做的事。」

林雙不《大聲講出愛台灣》是張睿銓父親的藏書之一，他在小學時便垂手翻閱。書中闡述身為一個創作者——無論哪個領域都好，要有一份社會責任，被他摘下成為心中一粒種子，在未來的自身上發芽。

而最初愛上音樂的入口，則是國中資優班紓壓的出口。每個學

在張睿銓的創作中，刻意擺脫對語言價值觀的限制，以台語嘻哈打破對台語使用者偏見的
框架。攝影：謝佳璋

校的第一名湊在一塊，原本名列前茅的優越感最終成了挫折感，充滿考試的生活也令他煩心。哥哥聽的重金屬音樂好吵，竟能讓他靜下心來，張睿銓從此藉著重金屬忘卻課業的巨大壓力。

因為想知道這些來自美國的音樂唱了什麼、為何如此憤怒，張睿銓開始看歌詞查字典，一個字一個字查，到後來也就開竅了。

豬頭皮（本名朱約信）的《我是神經病》專輯，則是他用台語做rap的啟蒙，認真「惡搞」出的專輯，開啟當時國中的他對台語創作的想像：原來台語表達嘻哈歌曲毫無違和，關鍵就在於建立使用母語創作時的自信。

「林雙不在小說中述說農民的痛苦及對社會批判的觀察，他想透過小說傳達社會問題讓外界所知，對我來說也一樣，我只是換成了音樂創作的形式，用音樂來表達。」

第四代基督徒、父母都是老師，張睿銓從小住的學校教職員宿舍與眷村沒兩樣，鄰居老師們很多都是隨國民黨來台。在家講台語，教會牧師傳道也講台語，學校講國語，左右鄰居講什麼腔也就聽什麼話。張睿銓在這樣的環境長大，可以快速地作語言轉換，因而培養出對語文和語言價值的敏感。

上台北念書後，說台語卻讓張睿銓變成「特別的人」。他對一段回憶印象特別深刻：有一次大學同窗們聊著南部人講話都有南部腔，南部同學穿著都很俗。張睿銓問，「我也是南部來的呀。」同學回一句「可是你看起來不像。」卻讓他心裡滿是問號。為什麼對南部同學有如此觀感？「我確實從南部來的，但在你眼中為何又不像了呢？」那不像是稱讚但卻傷人，因為好像也沒辦法說他們不對。

仔細追溯，這份在意有它獨特的起點。從小在教會被建立「追

求正義」及「對人憐憫」的價值觀，深深影響張睿銓看待事物的觀點，包含做音樂、教書，還有對台語文的堅持。只不過南北學子匯聚的大學生活，湊巧觸發了他挑戰「語言價值觀」的燃點。

「講台語很俗本身就是偏見，這我很敏感。或許很多人覺得唱台語歌曲很俗，之後創作音樂時我就刻意挑戰這點，都用台語唱。」

「每個人都有特別的價值及能力，這些標籤底下都有他特別之處，若用一個標籤涵蓋所有人，那是不公平的。」

語言生根，教育現場的實踐

不久的以前，二二八事件僅是高中課本上一小段的隱晦敘事，

二〇一六年豬頭皮（右）新專輯發表會，就在張睿銓（左）開設的藝文空間舉辦。
圖片提供：張睿銓　攝影：盧春宇

張睿銓直到大學參加台灣文學營，從當時講師林義雄口中，才得知二二八事件全貌。赴美求學，因課堂需要到圖書館翻查台灣資料，發現許多國際媒體所報導的二二八，無論是客觀視角、細節記載，都是當時的台灣前所未聞。國外記者及文史學家們用著他們的語言，記錄了台灣國民黨軍隊如何對待反抗者。

「這世上有很多不同角落的人關心著，用許多文字資料記載著，二二八已成為世界歷史的一部分，甚至之後台灣的民主進程，也都被記載了。」

「我們實在不能妄自菲薄，不該小看自己，台灣爭取民主自由的難能珍貴，世界都有看見。」

寫不完所有的不正義，好比也承載不來所有的生計。在台北生活執教十年後，二〇一三年搬到台中，流浪教師看不見的未來，就像都市叢林看不到的天空，「生活經濟壓力很大，租房子房東要你搬就得搬，沒法過一個能發揮想做事的生活。」之後張睿銓主動向中部的大學投履歷自薦，返回高中求學的台中落地，人生下個階段在此生根。

從那時開始，在大學任教的張睿銓每學年至少教授四門以上不同課程：除英文寫作教學，還有文化研究、電影多元文化主義、新詩創作、自傳文學等，音樂創作退居閒暇筆記。若從語言深耕角度檢視，張睿銓堅持的台語傳唱與語言教學，外界以為的衝突，或許只是人生走的深刻才看得見它耐人尋味。

身為教語言的老師，張睿銓敏銳地看見社會透過語言而呈現的問題：語言是文化傳承與認同的重要指標，下一代人若不再講上一代的語言，會慢慢薄弱對地方的情感連結及認同，對整體社會文化傳承會是非常大的傷害。因此，張睿銓除了教職，也曾任台中一家

二〇一五年張睿銓在「內地搖滾」。圖片提供：張睿銓　攝影：陳威仲

藝文空間的總監，協助團體為各類議題發聲，讓更多人完成他們的斜槓計畫，多次與實驗教育和自學團體合作，深耕於與在地社區連結的角色，持續做「對」的事情。

「對教語言的老師而言，不會希望有任何一種語言消失。」

「一般人可能覺得音樂和教育是兩碼事，但在我身上，他們幾乎是同一件事。在這兩個不同領域，我做的事是一樣的。」

一份執著足以撼動世界。張睿銓無意在大眾面前塑造何種形象，他說，想講的話都在作品中講完了，以後作品也不會再像過去這麼直接了，「要聽直接的歌，去聽〈囡仔〉吧。」未來作品將朝向對周遭親友人物更細膩情感的描繪，在他的想法裡音樂仍不斷演進，台語創作存在無數創新的可能。

至於台語教育，張睿銓從教語言的人師角度談道，許多母語教學模仿英語的教學模式，如果只為了讓家長或學校看見成績，那就是不對的教學方式。「母語應該是沒有課本的，在進入學校前就要有一定基礎。」在他的理想中，應該為學童創造沒有隔閡、可自在轉換語言的使用環境，就像國語學字彙造詞基礎前，學童早就已有母語的基礎資本可以溝通，這才是語言能越學越好的前提。

「如今的母語教學，因語言環境的貧乏，教師僅能刻意的在課堂中教台語、客語、原民語，用學外國語的方式學母語，這本身就已是種悲劇。」

創作〈囡仔〉後的十年再見張睿銓，內斂是看不見的成熟特質，訪談間透露的語言敏銳力淺淺道出心中對音樂的深情，對台語流傳的堅毅想法。隨他那些歌曲傳唱著人們遺忘的事，為了教育轉身成為一個深邃的返鄉人師，告訴學子「比我想得更遠、寫得更好，」一切變成永遠的曾經可能絲毫不在意，就連驕傲也沒有。

　　最後回到最初，那蛇吞青蛙的故事，實在有力量。張睿銓這麼說：「不記得當時為什麼要做這件事，但我就是去做了這件事。」

（文／魏絃鈴）

台語課

佗位（tó-uī，合音唸做tuē、tueh）；哪裡。

無底覕（bô-tī-bih）：無處躲藏。

囂俳（hiau-pai，又唸作hia-pai）：囂張。形容人的行為舉止放肆跋扈。

好勢（hó-sè）：舒服安適，或指事情推展順利。

**做伙來
唸歌**

二〇〇六年，張睿銓發表〈囡仔〉，是台灣流行音樂史上第一首記錄二二八事件與白色恐怖的rap歌曲，那年他二十九歲正在大學教英語寫作，〈囡仔〉是為哥哥剛出生的小孩而寫。

〈**囡仔**〉（歌詞節錄　作詞：張睿銓）

囡仔　你著愛會記
歷史教咱錯誤會當原諒但是袂當袂記
越頭轉來了解你對佗位來
才有法度知影欲對佗位去
囡仔　你著愛會記
歷史有講別人的意見有時陣會予你受氣
互相了解互相尊重鬥陣才會出頭
壓霸剝削有一工就換你無底覷

董事長樂團：
眾神護台灣，用心護母語

我們如何在世界舞台上，利用我們最熟悉的文化，和人家一較長短，如何與眾不同。

　　「雙腳站佇這，這是咱的名；眾神護台灣，用心愛台灣。」二〇一七年八月三十日，台北，在有史以來台灣主辦最高層級的運動賽事世大運閉幕典禮中，「董事長樂團」率領著八家將、陣頭在舞台上用台語高唱台灣之名，那一刻的表演魅力感染全場，讓世界看見台灣文化。

　　對一支極為堅持以母語創作、被認為是最能代表台灣特色的搖滾樂團之一的團體，等了二十年的這一刻終於到來。

出道二十年，隨時代改變

　　董事長樂團出道二十年，二〇一七年發行的第十二張創作專輯

《祭》堪稱生涯代表作，音樂上融合九天鼓陣藝術和各種傳統音樂元素，包裝結合現代和古典，專輯文案更大膽使用台語文言文，由外到內精美細緻的程度宛如藝術品。

主唱吉董說，做完《眾神護台灣》後，隔了很久沒再做相同類型的歌曲，走遍全世界才發覺，很多國家都希望他們唱這首歌，後來希望把層次再提高，便催生了《祭》。他強調，以前比較有玩音樂的心態，但《祭》製作上十分嚴謹，也可說是董事長樂團屆齡二十歲的成熟變化。

為《祭》擔任視覺設計的葛萊美獎大師蕭青陽，如此形容眼中的「董事長」：「這組人看起來像神也像鬼。」

《祭》籌備二年多，僅製作一千張，價錢訂在十分吉利的數字

董事長樂團成員「大鈞」林大鈞（右）與「吉董」吳永吉。攝影：裴禎

888，大鈞自信地說：「我們沒有為了要拿金曲獎，我們是為葛萊美獎設計的，即使最後沒被看上，可是我們努力過。」一旁的主唱吉董打趣笑說，萬一入圍就真的值錢了。對他們而言，希望這是一張即使多年後再拿出來看，都覺得很有誠意的作品。

不過貝斯手大鈞冷不防拋出一句讓人震驚的話：「這應該是我們最後一張實體專輯。」還沒來得及問原因，他接著問：「你知道《江南style》（Gangnam Style）那張專輯的第二首歌是什麼嗎？」答案是──沒有這首歌，因為那是一張單曲，「韓國只出單曲已經很多年了」。

從年輕男孩到成熟大叔，董事長樂團成員們面對逐年變化的音樂市場，深知包含宣傳、製作和發行的做法都要跟著時代改變。

投入資金，老戲院變身錄音室

採訪這天，吉董帶著我們參觀已改裝成錄音室的「玉成戲院」，這裡在二〇〇一年因為納莉颱風大淹水而損失慘重，業者便決定不再營業，直到二〇一六年才悄然變身，董事長樂團透過爭取政府補助計畫，再投入自身資金讓戲院重獲新生。

這處堪稱全台最大空間的錄音室，大致保留了戲院內部格局，原本挑高的一樓觀影空間則擺滿專業樂器設備，平日也提供樂團及表演單位租用錄音。二樓是樂團創作和工作空間，映入眼簾是擺滿大小獎座的展示牆，其中，二〇〇六年金曲獎最佳樂團獎座像是VIP貴客，獨立放在辦公室一進門的玻璃展示櫃，獎座在櫥窗燈照耀下，更顯金黃光亮。

牆上除了依序貼上歷年專輯海報，還懸掛著各種樂器，吉董隨

手拿起在國外買的斑鳩琴彈起旋律，他說，每當到國外表演一定會逛樂器行，不能少的行程還有看職棒和走訪live house展演空間。另一亮點是，有一整個櫥櫃擺滿黑膠唱片，放眼望去，完全就是音樂人的世界。

新台語歌中生代，愈在地愈國際

在新台語歌流派之中，董事長樂團屬於中生代，一九九〇年代的林強、陳明章等人是他們的前輩，創作上多少受到前輩音樂的啟蒙與影響。

大鈞：「台語歌反映的就是當下對環境的感受。」攝影：裴禛

　　事實上，董事長樂團成員在組團前，各自玩的團都不是創作台語歌，吉董笑說「唱台語歌，一定交不到女朋友」。直到後來成員們一起使用母語創作，才發現不僅創作產量快速增加，由於語感更為流暢，品質和實力瞬間大增。

　　他們致力將台灣文化與精神融入音樂作品，同時致力征戰各大國際音樂節舞台，至今已走過逾五十座城市，吉董以台語形容：「唱歌唱台語，講話講英語。」成功用「愈在地愈國際」獲得廣大迴響，也讓外國人了解台灣音樂及文化之美。大鈞憶及，有回在俄羅斯海參崴演唱〈眾神護台灣〉時，台下無論是小孩、大人或老人，都在模仿他們的動作和舞步，「台上台下一起起乩」，音樂無國界魅力讓台上的他們深受感動。

　　「去英國唱英式搖滾，怎麼唱得贏他們？演出帶一點民族性，和當地文化不一樣，才讓人感到興趣。」大鈞直言，他們以台灣味十足的表演走過那麼多城市，幾乎是「無往不利」。

　　去年董事長樂團參與法國坎城MIDEM國際唱片展演出，隔天官網首頁就是董事長樂團表演的照片，大鈞突然有感而發用台語講：「這事情回台灣講給大家聽，很多人卻感受不到，不認為那樣子有多了不起。」

　　二〇一一年的〈眾神護台灣〉讓董事長樂團除了帶著台灣獨有文化前進國際音樂節，更成為小學語言教材，大鈞對此表示：「我們沒想過那些理想性或任務性的問題，只有覺得，當看向全世界音樂時，我們如何在世界舞台上，利用我們最熟悉的文化，和人家一較長短，如何與眾不同」。

吉董：「玩團是一種義氣。」攝影：裴禎

細說台語與台語歌，有憂心有樂觀

聊起使用的母語經驗，吉董回憶，念高中時夾雜國台語自我介紹，卻被同學笑，他苦笑說：「我以為我很受歡迎，因為大家都笑得很開心，後來才知道他們在笑我的台語。」然而，樂觀的他不以為意，後來住在外省同學家學國語，自嘲國語發音還是有點「台灣腔」，對他而言，不排斥學習任何語言，多一個語言就是多一個技能，包含原住民語和客語都是。

「但我發現台語慢慢在式微」，吉董說，近年和很多年輕樂團互動，發現他們雖然創作台語歌，台語溝通卻是「袂輾轉（不通順）」。面對台灣沒有正統的台語教育環境，年輕人往往透過口語方式學習，大鈞表示，他擔任原創音樂評審時，有些評審會說「這歌的韻腳不對」，但以原創音樂作品來看，應該鼓勵多於批評，「滅火器主唱楊大正的台語歌，一聽就知道不標準，可是他願意寫，因為他的環境就是這樣子啊」。

談及台語歌曲的發展環境，大鈞說，無論是從林強到董事長以及下一代，台語歌反映的就是當下對環境所表達的感受。而對吉董而言，寫歌上則是盡量要求自己「能力到哪裡，就做到哪裡」，偏好用最純正、道地的台語創作。

早期董事長樂團台語歌十分口語、直接，引起不少人共鳴，這次在《祭》專輯中，他們大膽嘗試使用台語文言文，吉董說明，這些文字都有註解，一方面希望大家一看就懂，另一方面是保留台語之美，同時希望作品提升到更高層次。其中，多首新歌MV更有英文翻譯字幕，他強調「希望台語不只是在台灣，國外也能看得到」。

　　以台語創作為主的董事長樂團，也力求變化，二〇〇六年的第六張專輯《真的假的！？》改編多首經典老台語歌，挑戰惡搞且趣味性十足的風格，把老歌〈男性的復仇〉創意改成〈新男性復仇〉，把〈可愛的馬〉改成〈可愛的車〉、〈出外的人〉改成〈出外的黑人〉，結果那張專輯當時奪下金曲獎最佳台語專輯，打敗強敵前輩江蕙、陳明章、陳昇等人，讓董事長想都想不到。

　　吉董是樂團詞曲創作的靈魂人物，手機是他龐大的資料庫，不斷累積各種旋律，靈感一來就記錄下來，標題取得隨興，憑感覺命名。事實上，他和資深歌手文夏是忘年之交，和台語寫詞大師武雄也時常透過訊息創作。一般歌手錄唱武雄都會特別盯，怕歌手把歌詞韻腳唱錯成別的意思，跟吉董則是合作無間，吉董表示，武雄寫的台語詞他幾乎都能懂，「他知道我唱他的詞不會差到太多」。

　　吉董對於未來的台語創作風氣十分樂觀，並建議台灣樂團要多往海外發展，不要只把重心放在台灣，卻也不用一心一意討好「對岸」，做好自己想做的音樂，努力在理想和現實中達到平衡，就會被看見。

　　大鈞則抱持不一樣的見解。他擔任原創音樂台語評審，發現每年報名量逐年遞減，篩選後就更感受到品質的差距，「量是一回事，還有質的問題。」他從中找到蛛絲馬跡察覺，會去買台語歌來聽的人越來越少，由於有一群台語歌手餵養伴唱帶市場，台語歌曲沒有大量的銷售出口，創作的人也就越來越少。

一直做音樂就是幸福的事

　　樂團成員大多已接近五十歲，展望下一個二十週年，吉董先是

開玩笑說：「大家身體健康，不要推著輪椅出場就好。」他接著說，希望團的運作能繼續下去，雖然已無法像早期一樣一年發一張，但把製作期程拉長是希望推出更多好作品。

近期他們為了首次跨界挑戰的台式音樂劇《風中浮沉的花蕊》投入大量心力，將和「躍演劇團」及「九天民俗技藝團」三方合作，由董事長樂團現場配樂，九天震撼齊鼓，找來演員呂雪鳳與蔡昌憲首次合作演繹母子，創造感動人心的故事。

二十年來，董事長樂團堅持每週練團兩次，從未間斷過。好奇樂團如何走得如此長久，吉董說，樂團成員在互動上不太計較，玩團更像是一種義氣，「有福同享、有難同當。」每名成員都會分工各自扮演重要角色，大鈞偏企劃類，吉董擔任主要詞曲創作，吉他手小豪、白董一個負責編曲，一個幫忙敲通告，記性很好的鼓手Micky會記和弦，「我們都不是那麼厲害的人，所以湊起來才會變厲害。」

吉董說，「一直做音樂就是幸福的事情」，年輕時沒想過可以出那麼多唱片，當時組團的初衷就是有生之年發行一張台語專輯，沒想到一晃眼就是二十年。二十年後，董事長樂團還沒有就此滿足，更準備好在電影與音樂舞台劇大放異彩，不斷挑戰自我，尋找聲音創作的更多可能。

（文／江佩凌）

台語課

輾轉（liàn-tńg/lìn-tńg）：指說話流利順暢。
輕可（khin-khó）：形容輕鬆可勝任的工作。

李永豐：

X！你就是要把很屌的東西弄出來啊

你就是他媽的戲好看、歌好聽，觀眾才會買單，推廣台語文才可能 OK 啦！

　　紙風車文教基金會執行長李永豐，江湖人稱李美國。聽過他名號的人都知道，國罵是他的語助詞，連珠炮的幹譙則是連接詞，當國罵與幹譙手牽手出現時，這稿子該怎麼寫？真要讓他原「字」重現？

幹譙是種思念

　　「啊你最近好無？」剛結束主管會議、踏出會議室的李永豐，遠遠的在走廊那端，一邊咬開了顆檳榔，一邊以台語問候著，語氣

裡的親切自然，和他年少時站在嘉義布袋鎮老家雜貨店前，對著走過的叔伯姨嬸們的招呼應該是沒有兩樣。但這其實是「溫柔版」的李永豐，大概見我與攝影都是女生，「狂放版」的李永豐暫時先藏在口袋裡了。

如果有人好奇何謂「狂放版」的問候，試著在「你最近好無？」這句話前，再多加兩句問候長輩的話，最後添個國罵當句點，應該就差不多了。

曾問過他，是什麼時候開始有了罵髒話、吃檳榔的習慣，他頓了一下，愣了好久，才緩緩地說：「這可能是思念，思念家鄉的氣息，還有我的父親。」

他當時對我說起剛上小學的那一年，記得是第一次跟著父親北上賣魚，「天還沒亮，那是很冷的冬天，在夜行貨車上，我就直直望著外頭，看著省道兩邊的木麻黃一直往後跑，然後我爸給了我檳榔，他說吃了就暖和了。」那畫面與氣味像是昨日，至今縈繞在他腦中。

李永豐當然明白，開口閉口就問候對方父母長輩其實不是那麼好的事，「但在我們嘉義那樣的鄉下地方，那樣年代的生活環境，要知道對所有人來說，幹譙是一種親切問候，也是生活沒那麼好過時的情緒抒發。」

在血液裡流動，標誌自己從何而來

從小在嘉義臨海的村裡長大，李永豐說，台語是所有人的共通語言，自己直到上了小學才開始學國語。而那個強制說國語，說了台語要被罰錢、賞巴掌的年代，他是走過的。

　　己所不欲，勿施於人，大概是藝術家自由開放的個性，也是不想強加被強迫的痛苦在他人身上，雖然李永豐始終認定了台語是母語，也感覺台語最能表達自己所想，卻也不願因自己的習慣而讓人不舒服。

　　於是，平日與人聊天，他經常是國台語交雜，偶爾還夾了幾句英文，「Ｘ，莫看我按呢，我碩士喔。」他總是如此刻意，和緩氣氛，也鬆弛心防。而雙魚座的他，貼心出了名，身邊人的生日、情人節等重要節日，他都掛心。因此若與人初識，知道對方不懂台語，他會全程國語以對，不時奉送自嘲，說自己是不會捲舌音的「台灣國語」。

　　對他而言，人不親土親，若再用上共通的語言，就是親上加親，「像我們去國外，聽到講一樣話的人比較安心，或像我們遇到老外，就會自動跟對方講英語，那會讓人覺得親切、親近。」

　　在李永豐眼中，母語是在血液裡流動著的，語言是標誌自己「從何而來」的證明，另一方面，卻也是很實際的、溝通的工具。他的一雙兒女，從小開口學說話就是台語，他的理論很簡單：「剛破殼的小雞，第一眼看到的就是媽媽，孩子學說話，第一句該說的就是母語，那表示他就是屬於那地方的人。」如今，他的兒子十六歲、女兒十四歲，依然在日常中使用著台語。

推廣母語需要潛移默化

　　除了將台語的基因注入自己孩子的血液裡，李永豐還做了一件事：他邀請吳念真參與了綠光劇團的編導創作，從二〇〇一年起，開啟《人間條件》系列舞台劇，以及後來的「台灣文學劇場」系列，那裡頭，幾乎是全台語的演出。

　　剛開始的那幾年，劇團不斷收到觀眾的「建議」，覺得全台語對於欣賞舞台劇太吃力，希望能加上字幕，「但吳念真的台語劇本、裡頭的對話，是有音韻的，是純正台語的思考邏輯，那和國語思考之下寫出的台語劇本是截然不同的。所以我們堅持，不打字幕。」

李永豐細數往日回憶。攝影：吳翊寧

　　這樣的堅持，有人以為是刻意，但那倒不是因為李永豐積極地想著「要推廣台語文」，他說自己沒那麼偉大，僅是他根植於對創作專業的信賴，對吳念真選擇以台語文傳遞故事的尊重。

　　或許李永豐的外表粗獷，習慣操著國罵的形象也給人一種激進感，實際上面對台語文的推廣，他的意識很清晰，手法卻極為自然。他自信，「台語有生活上的深度」，他也相信，「語言和文化一樣，不能刻意強加，需要潛移默化的習慣。」

　　他說起小時候經常參加廟會活動，喧天價響的北管音樂是必然的背景音，直到北上求學，那經驗記憶漸漸褪了色，畢竟在台北這種大城市裡，那樣的活動難得一見。直到某次，無意在路上遇到神明遶境，「我終於又聽到了北管，那當下，整個人是瞬間醒過來的，所有小時候的記憶都回來了。那時起，我就知道，所謂文化的力量是什麼。」就是潛移默化，後來也在綠光劇團的演出得到印證。

　　近幾年，《人間條件》系列的演出罕有觀眾「建議」需要字幕，反而有越來越多的觀眾在演後問卷裡分享：「應該好好學台語」、「以前都不知道台語這麼美」。二〇一八年，綠光劇團推出台語音樂劇《再會吧　北投》，從對白到歌曲，一樣是全台語的演出，一樣不上字幕。結果是：全台票房長紅，加演不斷，一票難求。

　　李永豐難得激動了，「當年的執政黨，讓台語成為一種不入流、低下的代表，甚至講台語會受歧視；如今，能透過舞台劇，讓台語的美好再度讓人感受，我覺得很偉大，台語，是我們那麼熟悉的語言哪！」

《人間條件》劇照。圖片提供：綠光劇團

弄出很屌的東西，推廣台語文才會OK

因為執政黨的更替，母語教學的重視，台語文的推廣在這些年顯得較為有利，從電視台的節目製播比例乃至台語電視台的設立，在在顯示台語文開始為人所重視。李永豐對此事倒顯得不置可否，他認為，語言得「用」，日常生活的對話使用之外，創作是最好的途徑。

他突然哼起陳明章的〈幸福進行曲〉，「因為妳／冬雪已化作春天的溪水／因為妳／雁行千里鬥陣來相隨」。音樂的動人美妙之處正在於此，上一刻還咬著檳榔、吞吐著煙霧而隨興粗獷的李永豐，頓時有情、柔和了。

只不過一段唱畢，難得顯露柔情的李永豐又來了段川劇變臉，啐了口檳榔渣說：「幹！你就是要把很屌的東西弄出來啊，你看這樣陳明章的歌，像楊大正他們滅火器的創作，就是會讓人家想聽、想唱、想一直傳下去。不管有沒有台語電視台，你就是他媽的戲好看、歌好聽，觀眾才會買單，推廣台語文才可能OK啦！」

「沒了，就是沒了啊」

李永豐說，在接受邀訪前一度有點遲疑，因為他覺得自己不是那種積極為了台語文保存而搞教育的人，也不是林強、滅火器、陳明章那樣有意識透過創作使用台語文的有心人。

他坦言自己也憂心母語的消亡，但卻不太喜歡過度刻意的、很單向的「保存」。他說，是年紀大了、年歲到了，人生閱歷多了，明白世事強求無用；也是這兩年，先後送走因病離世的親大哥與二

哥，體認了生命稍縱即逝，就算想緊抓也不可得的無常。

「語言、文化都是活的，我們只能盡量發揚，求其永續。每一個世代，畢竟還是有他們每一代人的演化轉變，就像是浪淘沙，要真沒了，就是沒了啊。」

（文／汪宜儒）

溫柔ㄟ男子漢

正式訪問那天，李永豐操持的國罵少得驚人，雖然菸一樣抽得凶，檳榔入口也沒停過，害我有點不習慣。訪問的尾聲，時間已到傍晚，他有點餓了。喚進助理，他想吃隔了一條街上賣的甜不辣，他說這個晚上沒有應酬，想先墊個肚子，因為晚一點就要回家，他要幫寶貝女兒過生日。

我想起他認真聊起台語文的神情、聊起這塊土地文化與母語記憶的表情，就像他說起了女兒一樣，他溫柔得像是呵護著初生小貓的母貓，每一字句停頓，都是充滿愛惜溫度的舔舐。

北管　北管（pak-kuán）：流行在中國閩南及台灣的傳統音樂。因為由北曲演變而來，所以稱為「北管」。依照所使用的樂器，可分為西皮和福祿兩派。西皮以弔鬼子胡琴為主奏樂器；福祿則用殼子弦。唱腔上，福祿部分保存梆子腔系統，西皮部分保存皮黃腔系統。

吳念真：
守護一個連結著記憶的語言

他說從未想過台語會消失，也不認為自己能做些什麼，但其實他已經走在路上很久很久。

　　有關吳念真自己的故事，幾乎都要由少年時代那段從車站走回家的上坡路，以及侯硐大粗坑的老家開始說起。有時不免驚訝，這個「台灣最有溫度的歐吉桑」下半輩子的記憶和養分，都從那段崎嶇不平的泥土路上和貧困的村子裡孕育出來。愛說故事的個性、說故事的能力和往後半世紀溫暖台灣千百萬人的力量，巧妙地濃縮在台灣東北角礦區長大的那個小孩子身上。

　　如果那些記憶是一部影片，配音自然是由台語構成的，而且就這樣原封不動地留在吳念真腦海裡。如果把媽媽的教誨、爸爸的斥責、同伴的訕笑聲全配上華語，那就像吳念真所說，《戀戀風塵》一度為了在無線電視台播映，而被迫將配音全改為國語一樣的荒謬可笑。

　　吳念真曾經給我們的感動，無論是電影《多桑》、舞台劇《人間條件》、《再會吧 北投》，還是保力達B廣告的旁白，絕大多數都使用台語。語言，或說台語，對寫作起家的吳念真有著什麼樣的意義，在二〇一八年頭一次感到寒意的早上，我們聽他親口道來。

說起選舉……是件複雜的事

　　其實那不太像是場訪問，而像是看了場免費的舞台劇，六十六歲的吳念真或坐或站，一度跑了起來，幽默的對話則是必然。大家不停笑著，有時連攝影同事也忍俊不住，不得不暫時放下相機。

　　似乎難以避免的，對話以前陣子選舉和他罕見的臉書直播開場。吳念真說，其實他對政治人物的上上下下沒有太強烈感覺，倒是公投結果令他「傷心欲絕」，了解到原來台灣社會「蒼老保守到這個程度」，突然覺得自己不太了解台灣。

　　「不過也好啦，讓年輕人知道原來這世界不是他們想像的那樣」，他安慰著一大群為公投結果傻眼的年輕人，也像是在安慰自己。

　　然後他又比手畫腳地說起，投票前是如何試圖扭轉老婆對同婚公投的態度，老婆是怎麼樣無法理解公投題目「否定的否定」，投票日又差點被不做功課，在投票圈選處不知所措、忸怩十幾分鐘的選民氣死。

　　至於直播，純粹是因為對台灣每到選舉就撕裂、貼標籤感到無奈，直播是最快的溝通方式。「（選前）一直被罵，被罵久了也要發洩一下……台灣這麼小的地方，一起合作些什麼東西都來不及了，怎麼會只想著彼此撕裂……」

沒想過台語會消失

有關於台語，吳念真說他從未想過台語「需要保護」，但是也觀察到了「雖然講台語的人很多，台語卻慢慢在消失」的現象。他認為主要原因在於教育主體使用華語，相對於華語成為「主體語言」，台語已經成為我們的「附屬語言」。

「如果不是主體語言，生命力會減弱，（最後）一定會死，語彙會慢慢消失。」

我提醒，先前他的好友紙風車劇團執行長李永豐也是這麼說的——會憂心，會想要發揚它，但台語「要真沒了，就是沒了啊」。基本上，吳念真是大概能夠同意這種說法的。

他說，保護語言是個「大題目」，他從來沒有想過、也不認為自己能夠做出多麼巨大的貢獻，「每個人在你的位置上不要讓這語言死掉就好」，政府也不要禁絕某種語言的使用，盡量讓它有表達和使用的機會。不過他也強調，千萬不要讓語言變成意識形態，否則「排擠就來了」。

舉例來說，選舉場合經常有人堅持使用台語，問題是有不少年輕人聽不懂，當你怪罪年輕人聽不懂、不會用時，等於強調出語言的工具性，成為一種區分你我的「識別符碼」，這時候排他性就出現，對語言發展並非好事。

他說，之所以習慣在自己的戲劇作品上使用台語，並不是出於意識形態，而是因為那就是他筆下的人物和年代所使用的語言，是求真，是重現當時的場景和情境。「四〇、五〇年代的兩個鄉間農人，一定是說台語而不是國語……創作是為了表達某個年代的東西，我從未想過台語會消失，但是我們能力無法改變它，你只能盡

量使用它。」他這麼說。

媽媽傳下來的語言

吳念真再度說起一段經常提起的兒時記憶，有一次母親和父親吵架，媽媽說：「我一世人攑三支香，從來毋捌講過家己的名」。他說，這並不容易在第一時間聽懂，媽媽的意思是她終其一生拿香拜神，都是求老公、兒子或家庭的好，從來不曾想過自己。

「但這種話用國語來講，就有點噁心。」他說，台語腔調和字彙有它獨到的一種美麗，有些東西就是用台語來表達才精準有味道。

「母語」之所以為母語，真不是叫假的，吳導的另外一個例子還是和媽媽有關。

他說，初中時從學校搭車回家後，還得走一個多小時的上坡路回家。當時媽媽就在半山腰的一家礦廠做挑礦石的粗工，有一天他走到工廠突然發現媽媽還沒下班，母親說她必須加班，要吳念真趕快回家煮飯給弟弟妹妹吃。

「天色黑了，我跟在媽媽背後，看著她雙肩挑著很重很重的石塊，在夜色中氣喘吁吁地慢步走著。你知道我這個人從小情感就很脆弱，看著她的背影就哭了。此時媽媽轉過身來說了一句話：『哭啥？咱閣較艱苦嘛愛笑乎天公伯仔看！』」

幾十年了，這句話他一直記著；記著的原因，不只是因為那是媽媽說的話，也因為裡面傳達出很不一樣的人生哲理──「老天讓我們這麼辛苦，我們就愈要嘻皮笑臉地面對祂，嘿嘿嘿的對著祂笑，氣死祂。」吳念真在描述這段時，真的對著天空扮起了鬼臉，

表情還是像個十幾歲的少年一般促狹。

台語的寫實性

　　吳念真回憶，「以前寫劇本，只要用台語寫幹X娘，觀眾就高興得要死。」他也曾試圖用過反諷手法，在《再會吧　北投》裡，全劇只有一句國語，就是「操你O的X」。他說，很多東西是因為

吳念真：「老天讓我們這麼辛苦，我們就愈要嬉皮笑臉地面對祂。」攝影：謝佳璋

寫實需要，所以語言必須成為表達生活的方式，想要刻意去轉換它，怎麼轉換味道都不對。

他說，台語本身就是個寫實的語言，以《孤女的願望》（一九五八年由日本歌手美空雲雀發行，一九五九年在台灣由葉俊麟填詞，陳芬蘭主唱）為例，「那就是六十年前的北漂……」；他忍不住補了句：「像我這種從基隆來的，是南漂啦。」

這首歌描寫女孩北上討生活，先是「請借問播田的／田莊阿伯啊／人塊講繁華都市／台北對叼去」，再是「人塊講對面彼間／工廠是不是／貼告是要用人／阮想要來去」，最後是「阮雖然也少年／攏不知半項／同情我地頭生疏／以外無希望／假使少錢也著忍耐／三冬五冬／為將來為著幸福／甘願受苦來活動」，三段詞儼然像是短篇小說，以這樣的語言傳達，感染力非常強大。

他給了這樣的觀察：一九五〇、六〇年代的台語歌和國語歌截然不同，國語歌則幾乎沒有一首是和現實生活有關。他的觀察不禁讓人想到，這樣的反差似乎延伸到了後來的「鄉土文學論戰」，以及台灣文學被歸類為邊陲文學的爭議。

台語文讀寫，吳念真自有看法

與其說吳念真是現實的理想主義者，不如說他更像是個理想的實用主義者，他很少固執地認為什麼事非得怎麼樣不可，年紀大了尤其如此，就像他的咖啡也不見得要加糖，現在喝黑咖啡也可以。

因為吳念真說故事和說台語的能力，都由小時候說給同學聽、讀報給家裡和社區的大人聽而來，語言的實用性一直是他最強調的重點。他不諱言，目前的台語新聞在他心目中並沒有達到「讓人聽

懂」的程度。

　　小時候剛開始幫家人鄰居讀報，「我就是像現在電視上那樣念：總統蔣中正今日在總統府廣場接受萬民歡呼、中央氣象局表示，某某颱風將於幾日登陸，帶來幾毫米的雨量」，也曾經把西部片明星裘林諾‧傑馬（Giuliano Gemma）、美國總統甘迺迪的譯名直接翻成台語，大家都有聽沒有懂，爸爸的反應通常是「你係咧念經哦」，然後就被巴頭。

　　後來他頓悟了，講話就是要讓人懂，所以要用日常生活的講法和語彙。之後他特別會講社會案件，例如轟動一時的瑠公圳分屍案，他講得頭頭是道，有時加點油添點醋，「這種血腥刺激的，大

吳念真：「台語文的書寫要讓大家看得懂，寫才有意義。」攝影：謝佳璋

家都很愛。」

　　隨著時代演變，一般人的台語能力也跟著下降。他說他經常出現在廣告中配音，其實不是他願意，像眾人都認為「很有感」的保力達B廣告，是因為原本配音員怎麼說，節奏、味道都不對，只好自己來，免費奉送配音服務。

　　至於台語文的書寫，他也有自己的看法。吳念真說，他知道有很多人在為此努力，也各有派別和主張，但是就和聽一樣，「要讓大家看得懂，寫才有意義」。他說，臉書上常有堅持某種寫法和拼音的朋友，「但你寫的人家看不懂，等大家都懂時說不定台語文已經死掉了，六、七十歲的作家也不大可能重新學習一套系統，傳達他們的創作。」

　　也正因為這個道理，吳念真的劇本寫作只要提到台語，用盡各種可以想像得到的方式標註，用中文，也用英文──例如ni、hyoh。他說：「我的目的只是要讓多數人看得懂，你不要罵我用什麼工具，我知道它也許在你眼中是錯的，但那符合我的需求。」

　　目前許多人在爭取的台語電視台，吳念真認為在公平立場上他完全贊成，但在效用和比例上他有疑問，因為台語電視台終究是數百個頻道之一，所以它的內容和可看性很重要，否則沒有人看，會失去設立頻道的美意。

髒話有它的「動感」

　　吳念真高中上延平中學補校，他說那是一所有歷史的學校，因為二二八事件停辦，隨後許多教職員只好轉為公務員，但因為對學校的感情，多年後又返校任教，導致「很多大學教授來教補校」

的現象，吳念真的公民老師就是金華女中校長，他形容，那是一種「對學校和教育的承諾」。

其中有一個歷史老師，一上課總是先寫板書。有一天，他依例先寫板書，卻突然轉過來，放下粉筆用台語說：「我甲恁講，台灣人絕對無對不起國民政府，是國民政府對不起台灣人！」語畢，又回頭繼續寫。全班同學都嚇傻了，一頭霧水，「啊這馬係發生啥物代誌？」

吳念真說多年之後他才了解那天老師在說什麼，「因為那天是二月二十八日」。那天，老師用這種方式和語言表達心中的悲憤和壓抑，「語言的力量，在某些狀況下會跑出來。」

另一種狀況當然就是髒話。我主動向吳念真提及台語髒話的「力道」，他說，軍隊是髒話最多的地方，那是種極度壓抑情緒的發洩。「我聽過最髒的髒話就是在當兵時，你知道當兵時智商都很低，那時大家還比賽罵髒話，來自南部的朋友很自豪的說，他們罵人的髒話還帶有『動感』。」

他真的舉了個例子，聲音帶動作，也真的「很有動感」，但是十八禁，所以不適合寫出來。

這種事就是很奇怪又很自然，「罵人的時候，母語會跑出來」，吳念真舉例，老婆在罵家裡的小狗時就一定會蹦出台語，總是不由自主的說「臭狗仔」、「癩𰻗狗（thái-ko-káu）」。

剝離卻透著光的裂縫

我問他最喜歡聽誰說台語，「李天祿！」他也蠻喜歡黃俊雄，因為這些前輩都有漢文的訓練。他想起以前聽老一輩的人們唸著

「姑蘇城外寒山寺，夜半鐘聲到客船」這樣的古詩，「但這已經死掉了，跟著那些人死掉了。」

「聯合國是不是說每隔幾小時，就有一種語言消失？」說著說著，吳念真似乎開始有fu了，感覺台語有一天真的會消失，感嘆著語言的「剝離」。

吳念真口中的剝離，就是詞彙和其他的語言元素以緩慢而幾乎不被注意到的速度消失。例如台語俚語，或是愈來愈少被使用的名詞、形容詞，例如能以古音吟讀詩句、漢學知識飽滿的地方耆老或以全台語溝通的老一輩。這些詞語和知識如果能存在俚語辭典、YouTube裡留存倒還好，就怕它們跟著人的消逝而入土，就此人間蒸發。

「它沒有死，但是某些東西會逐漸被遺忘或剝離。」

現在許多的孩子們，甚至連最基本的台語名詞都不會說，抑或是發不出正確發音了。大概就是如此，讓一向盡量保持樂觀的吳念真，也不得不擔憂起來。至於學校裡的本土語言教學，他有點不客氣地說，「只是意思意思，做良心的」。

但吳念真從不是個過度悲觀的人，他記住了媽媽的話，如果再苦也要笑給天看，我們還有什麼好悲觀的。他說，綠光（劇團）剛開始時全劇使用台語，還被聽不懂的觀眾要求退票，十幾年後，已經有人開始感謝他的堅持。

時代在演變，也有它反諷的一面。吳念真說，那份反諷就在於身為爸爸的他參加國語演講比賽（他說原因不是他國語說得好，而是他的講稿背得最熟），兒子吳定謙小學參加的是台語演講比賽而且得了第一名；在於自己當兵時長官（絕大多數是外省籍）說國語，拍《太平天國》時卻赫然發現，前來支援的直昇機駕駛和軍

官，在無線電中說的全是台語。

這樣的時代反諷，給了吳念真一點樂觀的理由。

「曾仔，莫閣比啊！」

這段原本已經像是瞎聊的訪問，話題最後不知怎的扯到棒球去了。他也又從記憶庫裡掏出了一段故事，想起在台北上班之初，總在趕電影之前的下午空檔，到戲院旁的棒球場看台上看球消磨時間，陪伴他的人一向不多，老是那幾個看球彷彿已看成精的四十幾歲球迷，在看台上一邊吃著便當，一邊朝著場內的教練曾紀恩發號施令。

「他們都叫他『曾仔』，你知道嘛，曾紀恩總是在場邊比著暗號，拍拍頭、拍拍手臂、肚子、肩膀，摸摸臉，摸摸鼻子」，吳念真一邊帶動作學著曾紀恩一邊說著。

「曾仔，好啊啦，莫閣比啊啦，手打甲攏烏青啊啦。莫閣比啊，你予伊摃（打擊）啦！」他很忠實又開心的轉述大叔球迷的聲音語調和動作。

在笑聲中，吳念真用這個故事送走了我們，心思又像小男孩一樣飛向了那個屬於他專有的世界。同樣的，那個世界只能是台語的，換成國語，就走味了。

（文／王思捷）

沒有一定要怎樣

以吳念真在台灣的成就和地位，是很有條件可以堅持些什麼的，即使在語言和文字的使用也是一樣。也正因為如此，他那「沒有一定要怎樣」的態度，和隨時都能說出一段好故事的功力一樣讓人印象深刻。

台語是他從小使用、擁有濃厚感情的語言，透過一個又一個的生涯作品，吳念真推廣母語的成績應不在任何人之下，他尊重所有人對此的努力，卻從不是hardcore、悲憤的母語擁護者，說話夾雜國台語、使用任何可以想到的便利方式標註台語文，都不是問題。方向和目的地相同，路徑就別太計較了。

採訪那天還聊了不少台灣政治，儘管吳念真才剛在九合一大選期間蒙受不少污衊，「沒有一定要怎樣」的態度依舊。這似乎無法用上了年紀之後的豁然開朗來解釋，因為總是「一定要怎樣」的人們之中多的是老人家。在聽完故事又哭又笑之餘，我更愛上了如此從容豁達的吳念真。

台語課

癩𰚏（thái-ko）：骯髒、污穢，或指漢生病（俗稱痲瘋病）。

陳竹昇：
台語讓人記得「我是誰」

髒話也是文化呢，罵得好還不容易呢。有時罵袂順、誰袂通透，罵不到位，看戲者就出戲啦。

小時候講台語被罰錢，長大後講台語能賺錢

　　「你毋知影我彼時是偌艱苦……」，老人家嘴裡的故事還沒開始，就已能感受到他們「艱苦」的心情，不然也不會用那種口氣。故事還沒有長相他就告訴你「很苦」，那比「很久很久以前」的故事開頭有趣多了……。

　　「我不是一個養尊處優的小孩，也不是孤僻躲在家裡不出去看世界的人。」喜歡與人聊天、聽人講話的陳竹昇，從小人緣很不錯，聽長輩講古和左鄰右舍哈拉，尤其大人講起那些饒富情感的

事，他台語學得特別快。

講台語對陳竹昇而言，是生命的起源，生活的自在，質樸自然的感覺。出生前奶奶已過世，外公、外婆、爸媽，還有一起住的爺爺，大家都講台語，「他們只會講台語，講國語反而辛苦，他們也不太會講。」

四十三歲的陳竹昇念小學時學校還在推行國語運動，「在學校若講台語會被罰錢，五塊、三塊這樣，我也有被罰過呀！」全校都如此推行，但下課後同學間還不是照樣講台語，「只是在抓人的那個人面前，我們就不會講。」監督大家不能講台語的是班長和風紀股長，他們被師長交辦這件事。

回到家仍得講台語，才能向長輩溝通學校發生的事，「小孩其實沒什麼翻譯概念，只知道面對大人要用台語講，對方才聽得懂。」那是種換句話說被稱作「翻譯」的能力，生活中台語對話累積久，陳竹昇的台語能力也就養成了。

「很多東西是先做了，才回頭研究它。經歷的過程，不曾分析也無從比較，」他如今回想反而覺得，小時候講台語被罰錢，長大後講台語能賺錢，這也是很有趣的一件事。

高中到台北念書後，周遭講國語的人變多了。凡事不喜歡被勉強的陳竹昇，很早就知道自己不太適合學校體制，於是跑去做劇場，「劇場的人也都在講台語」，他的生活從未與台語分離。

交付情感的幕後台語指導

二〇一七年金馬獎，陳竹昇憑電影《阿莉芙》中跨性別者Sherry的精湛演出，打敗同是入圍最佳男配角獎的李淳、雷佳音、

戴立忍、梁家輝，能從眾家勁敵出線拿下最佳男配角獎，正如當時頒獎人陳玉勳所言，「他一定是演技非常好，才能被看得到，才能搶過主角。」

高中念美工科雕塑組的陳竹昇，當時到劇場做道具、打燈光什麼都要做，有時人力不足到幕前客串演演蘋果或路人。近三十年的幕前幕後，全方位歷練十分扎實。

二〇一〇年電影《艋舺》監製李烈，找他擔任演員的台語指導，教演員們把片中黑幫少年操持的台語口氣詮釋到位。就像沒人會說自己國語講得好一樣，母語為台語的陳竹昇並無自覺，「我到現在也不覺得台語有特別好」，因為周圍的人不太會講，「相較下好像我們有講得比較好而已。」

李烈告訴他，劇本是用中文寫的，必須用很生活口語式的台語翻譯出來，將「情調」教給演員。陳竹昇翻台語也教情感表演，「語言和表演是結合在一起的，若分開來，就成了台語文學班，這東西我沒有興趣。」如今他認真回想起來，原來小時候用台語和長輩們溝通，累積的情感翻譯能力及同理心，作用在長大後的工作與為人處世上，如此彌足珍貴。

任何事不是規定就成了樣，教演員詮釋講出道地台語口音的角色，沒那麼容易。「字得正、腔要圓，講得才像。」陳竹昇順著演員擅長、能理解的方向教，「若是歌手來演，就說台語跟唱歌一樣，把台語聲調想成音階，把台詞變成歌詞，」用對方較易接受的方式給功課帶練習，「要達到目的，彼此先有尊重及同理心的觀察能力，也才有交集。」

自認是嚴格的台語指導老師，「一定循循善誘，嚴格但不打擊信心，」他也不覺得自己是在教而是分享，強調教人要負責任的，

二〇一七年十一月二十五日，陳竹昇（左）在第五十四屆金馬獎以電影《阿莉芙》跨性別者Sherry一角贏得最佳男配角獎。攝影：吳家昇

「我沒有這麼愛指導人家，我不是愛這樣位置的人。」既非教育背景出身，也不是學校出來的，「我只是台語講得比較輪轉，剛好可運用在工作上而已。」

不字正腔圓的台語令人出戲

不禁好奇，台語指導都怎麼教？「如果要講，可能要再三個小時啦。」陳竹昇說，劇本下的角色，活在什麼環境或社會階層，便調整演員講具什麼樣特色的台語，揣摩應有的口氣。因此，要教演員前，他自己得早一步揣摩劇本角色。

「揣摩角色就像看小說呀，看著看著就隨情節感受角色的個性情調，字裡行間感受他的溫度和模樣，劇本也是一樣的。」但陳竹昇強調，多交朋友才能累積情感，身邊各式各樣的朋友也是他詮釋角色時參考的具體模樣。

陳竹昇說，演員詮釋角色須打開五感，在生活經驗多存些情感資糧，那些曾領悟過的記憶便成能耐，「生活要有意義，詮釋角色才能到位。」好比夜市叫賣聲，他們使用怎樣的語言，會使用的slogan，那些生活點滴很重要，「這些曾存在記憶中的，你想得起來嗎？」

強調演戲講台語一定要字正腔圓，陳竹昇認真解釋，每個人講話時的口音或發音的共鳴腔，會因家族方言或溝通習慣，而養成發音位置及舌頭運用的不同，而有不同的說話口氣。好比，西方人或日本人講國語，即便講了同種的語言，會有特定腔調。有時該用鼻腔共鳴，卻咬死了子音或母音，字正了腔卻不圓，就像台中人有台中腔、宜蘭人有宜蘭腔，客家人有客家腔，因此講方言無意中也透

露「你來自哪裡」。

「所有東西都靠練習和累積而來，許多時候沒有包生的」，陳竹昇不會跟演員講好聽話，如果沒有過往這些經驗，明明不行還不練習，沒有就是沒有。「沒有人能成為誰的浮木，或是一定幫得了誰的萬靈丹，這一行不是這樣的。」

「學台語的開啟模式，就是講髒話呀！」討厭假掰的陳竹昇覺得，髒話罵得好代表有感情是情感的發洩，有些文學經典其實也很直白，老一輩在鄉土文學裡也寫得「姦撟」。「不是髒話就不登大雅之堂，這是人的本性。人的心開拓點，別那麼衛道。」當然，做人還是要有禮貌，「但我們不該刻意避免或遺忘它，髒話也是文化呢，罵得好還不容易呢。有時罵袂順、撟袂通透，罵不到位，看戲者就出戲啦。」

人都是互相的，社會才溫暖

小時候看過的那些心靈故事或電影，現在什麼都不記得了，但總還能記起，長輩跟你講的一些方言詞彙。「那些詞彙成為現代人回溯情感記憶的初發點，找回那個點又能開啟連結許多事……」陳竹昇說，就像小時候長輩罵孩子「死囡仔～」，孩子長大再聽到「死囡仔」聯想到某些畫面或情感，然後想起更多，這就是一個點放大再放大。

「劇場長輩告訴我，人在世間要多愛人，事情就會很好。」帶有情感的溝通，也不是現代人不願意，而是缺乏這樣的能力。陳竹昇說，早期社會就連萍水相逢的人，也會尊重對方感受，彼此有份情義在。一個人的情感記憶愈多，是EQ的累積，也是藝術創作情

感的泉源，「人們對情感和過往生活愈有記憶，就也不會做得太離譜。」

現代人教育程度高，每個人都能講套論點據理力爭，一旦溝通欠缺情感，便容易產生衝突。「講方言就可以辦到這件事呀」，像男人們喬事情，調停者拍拍肩膀說，「靠爸啊！按呢就好，若無你是欲按怎？伊就甲你花呀，若無你是欲按怎，死呢，甲退嚴重？好啦好啦。」三言兩語問題就不見了，為什麼？「因為聽起來很有感情呀。」那如果換成國語講呢？「有講跟沒講一樣。」講台語其實和做人一樣，都是從不忘本的圓點構成相互尊重的巨大，「現代人喜歡爭輸贏，但贏了又如何呢？」

用台語傳遞情感，陳竹昇覺得就像國劇一桌二椅，布景單純卻很好看。現代因物質滿溢，人們習慣去怪罪是外在東西不好，才無法達到內心標準；但也會有人想回過頭，往內尋回單純的自己。「於是現在越來越多表演創作，出現引導人們尋根的方向，台語又能表達劇本想傳達的真摯情感，」這種探本溯源的作品，讓台語講故事的機會變多，台語成為現在許多工作上很重要的工具。

當社會氛圍出現尋回自我價值時，這個小點散發出來的需求，最後變成「台語變值錢」的結果，陳竹昇稱這是「蝴蝶效應」：一個起心動念後，造成後續的影響。「它不見得是蓋大樓可讓人有形看見，卻能無形中讓人心靈得到慰藉，我覺得那是很棒的事呀，那這世界和社會就能更和善些。」

做表演就像講台語，同理心情義在

陳竹昇自認成長環境沒比別人特別，幼時台語浸潤的環境，和

長輩一起看布袋戲、歌仔戲，「在我那個年代歌仔戲隨轉隨有」，那是如今不復存在的生活和娛樂。「我們家是大家族，長輩常會要求囡仔人有耳無嘴，」他便靜靜觀察感受，然後在記憶庫中存檔。

對童年回憶深刻清楚，如今還總能把過往生活片段中的情感，拾回應用在角色詮釋上，這是個性細膩敏感使然嗎？陳竹昇回答，「敏感也不見得能夠理解」，做表演藝術一定是「有某個感受」想把它推出去，這和使用台語能達到情感傳遞目的，需要有同理心是一樣的。

「當你蒐集那些情感，試著從別人的角度或取最大公約數的大眾能接受的句子來形容，從而出發創作，才會達到為什麼要創作這東西的目的、初衷及感受。」陳竹昇將表演與台語情感傳達解釋得

二〇一八年一月三十日，陳竹昇應邀參演唐美雲歌仔戲團《月夜情愁》。攝影：吳家昇

細膩又精準，他說這都是一路成長過程中有長輩的引導，在內心發酵後的心得。

　　陳竹昇認為，創作表演許多過程是黑暗的，「成長過程一定會懷疑自己，我適合嗎？我可以嗎？」但如果有天有個人傳遞一個訊息「你的創作讓我釋然」，過去的黑暗就會變成值得。藝術創作者在表達感情時是有信念的，「因為情感傳遞會產生力量，我自己就得想辦法讓你懂。」

　　「我一直覺得，做表演就是從無到有，很折磨人，折磨創作的人。」陳竹昇常自問，「為什麼是我做這個工作？」起初可能還沒有答案，但做到後面好像知道了。就像人年紀愈大，愈會去思考「人來這世界上，到底要來做什麼？」

　　陳竹昇說，「如果老天爺給我一個能力是可撫慰人心，做藝術工作表演、畫畫、雕塑、音樂、美術都一樣。這個能力可讓沒有那麼安穩的靈魂，得到一種撫慰和理解，會知道你做這件事的價值在哪裡。就也知道來這世上要做什麼事，那就好好做，好好做不會太差的。」

（文／魏紜鈴）

幕後觀察

成功不必在我

　　總演著讓人記不住自己本名的甘草角色，卻是幕後指導主角的台語老師。多數人得精選角色才能有所發揮，陳竹昇似乎沒在選角卻能精準

到位。不是每人皆甘之如飴做為多功能型的劇場人，也未必人人能有深刻體悟。

十五歲涉入劇場開始，歲月生活點滴銘心，宛如涓涓長河，上游出山、下游入海，水都同時存在潤澤著。只是現下眼前溫情竟成稀罕，陳竹昇真摯的台語情懷能以阜民用。於是，聽他談起對台語和表演的鏤骨思索，想起那戲裡劇透的人生百態，或許也曾是他內心的虛實對話。

我問陳竹昇如此能耐，是天生的老靈魂智慧，還是後天磨練養成？「都有吧。」別人汲汲當主角，那你呢？「做主角還很累耶，演員就是專心做到位就好，好好做自然有人會看見。台前幕後都做過的人，年紀愈大其實愈願做小，成功不必在我。」

台語課

囡仔人有耳無喙（Gín-á-lâng ū hīnn bô tshuì）：斥責小孩用耳朵聽就好，聽到的話不要亂傳出去。
姦撟（kàn-kiāu）：又作「幹譙」，以粗俗的言語怒罵他人。

謝銘祐：
尋找台灣和自己的樣子

Local 無罪，台語是日常般的存在，從中看得出台灣人融合的民族性格。

　　二〇一七年的金音獎頒獎典禮，甫奪金曲最佳台語歌王的謝銘祐成了當晚風光大贏家，以台語專輯《舊年》橫掃三大獎。連續三次，他穿著「大家說台語」的黑T恤上台領獎。

　　謝銘祐抱著三座獎座，在後台受訪區緩緩道出：「我一直覺得台語歌和台語這件事情，被台灣很大政治氛圍壓抑著。很多人覺得台語歌很俗，但那個『俗』，都一直記錄著台灣。」但是，他的話似乎還沒有說完。

　　一年後，和謝銘祐相約台北錄音室專訪，他的唱片公司就隱身在鄰近木柵景美溪旁的社區一樓，那日天氣醞釀著午後雷陣雨前的悶熱感，我們在沙發兩端聊起來，接續著「俗」的話題。他說，台語絕對不是以前人灌輸的「很俗」，或是用不到的語言。

　　謝銘祐說，近年來都會有人對他說，他寫的歌詞跟以往的台語歌用語不太一樣，但其實早期的〈望春風〉、〈月夜愁〉歌詞都是很優雅的，「只是中間經歷很多變革，才讓人感覺有一部分的音樂聽起來，很俗、很local。」

　　他以台語歌〈舞女〉舉例，「這首歌夠local了吧！」但他強調，「舞女」反映出當時台灣在經濟起飛下，連帶著閃爍霓虹燈的聲色場所風行的情景，「有哪一首歌可以比〈舞女〉描寫得更深刻？如果不local、不俗，還描寫不到咧。」

　　在謝銘祐眼中，優雅和local都是社會上的生活百態，說〈舞女〉local可以，但他也希望大家看看這首歌為何local。「local並沒有罪，你不覺得台灣的local才是我們真正的生命力嗎，就是怎麼樣我都可以生存著。」

決心歸零，從自己開始寫

　　謝銘祐是資深音樂製作人，也是詞曲創作人，在音樂圈已打滾二十五年，臉書上自稱是「府城流浪漢」，平時打扮就是T恤、拖鞋、短褲，沒事就在台南大街小巷穿梭。他替故鄉台南創作許多歌，二○一三年以專輯《台南》一舉抱回金曲獎「最佳台語專輯」與「最佳台語男歌手」。

　　聊起和台語歌的緣分，以及為故鄉創作的想法，卻要從他「不寫歌」的原因開始講起。

　　一九九三年十月謝銘祐踏入音樂圈，面對唱片市場大量的情歌需求，這段期間，他的創作豐富，而唱他作品的歌手，說出來會嚇死人，包括劉德華、王傑、謝霆鋒、許茹芸、徐若瑄等。但寫久

謝銘祐在二〇一七年第八屆金音創作獎一口氣抱回三個獎座。
攝影：江佩凌

了，謝銘祐漸漸感覺被綁在「公式」寫法裡，最後發覺寫出來的每一首歌都很像。「可以說是謝銘祐風格的情歌，但寫到最後會有點麻木，接下來該寫什麼情歌？」

面對這個困境，讓謝銘祐感到害怕，某天，他頭也不回地離開台北，返回台南，慢慢地，謝銘祐發現自己生病了，診斷出罹患憂鬱症，長期無法入眠。

之後他依靠藥物治療，漸漸擺脫酗酒習慣，繞了一大圈，後來他發現，自己最愛做的事情還是寫東西。但他反問自己：「要寫什麼？」因此，謝銘祐下了很重大的決定：「我要發自己的專輯，我要從謝銘祐開始寫。」

不過，謝銘祐的第一張個人專輯，仍用他最熟悉的流行音樂製作方式，因為他要霸氣地下個非凡的決心：做完這一張，謝銘祐才算正式「告別」以前的謝銘祐。

到了第二張國台語專輯《泥土》，謝銘祐開始寫出內心深處真正想說的事情。他專注寫生活，同時給了自己很模糊的創作定義：「偷窺這個世界之後的紀錄。」而寫台語歌對他而言，「很自然、很順手，」謝銘祐說，那就是他和作品之間的對話。

台語歌裡看得到時代

謝銘祐的台語歌貼近生活、貼近土地，歌聲帶著些微的滄桑感，卻又溫暖動人，談起創作心法，他傳授要「進入角色」。假設寫一首母子的故事，他會把自己當成媽媽，試想母親和小孩的對白，接著描繪對話旁的情境，有了對話、有了望景生情，主題也就出現了。他笑言，現在叫他寫情歌也沒什麼罣礙，「就進去角色就

好了」。

聊起台語之美，謝銘祐從台語音樂作品切入，宛如說書人滔滔不絕地開始細數美麗的台灣歌謠。他認為，台語歌在台灣存著時代意義，從早期鄧雨賢、葉俊麟等人，到蔡振南、林強和滅火器樂團，台灣人生活的面貌在台語歌世界裡一脈相傳。

「我對台語歌最強烈的喜好是，在歌裡面看得到時代。」他一一舉例，一九五〇年代出現〈媽媽請妳也保重〉，描述小孩離開故鄉到異地找工作怕媽媽擔心，反映出「人口外移」的社會狀況。而國語歌則要到羅大佑的〈鹿港小鎮〉才出現類似心境，「國語歌很晚，但台語歌是一直以來都記錄著台灣。」

同樣地，社會上的戀愛風氣也隨時代產生變化。一九三〇年代的〈望春風〉，女孩子在「父母之命，媒妁之言」風氣下，只能憑空想像著未來的另一半。到了一九六九年〈心內事無人知〉，歌詞寫著「心內的事嘸人通知影，對阮求愛同時二個兄」，自由戀愛此時興起。

儘管台語歌具有反映社會的時代意義，謝銘祐認為台語唱片曾有一段時間被錯誤定義。「我們這一行都知道，國語歌那個時候的氛圍、姿勢比較高一點，有優越感，覺得台語歌很俗，」甚至如果有創作人寫台語歌紅了，那他的國語唱片生意多少就會被影響。

時至今日，唱片市場已非同日而語，在謝銘祐眼中，台語慢慢在復甦，看著年輕一輩的音樂人逐漸出頭引起風潮，他也倍感安慰，就像二〇一八年盧廣仲以〈魚仔〉得到金曲獎年度歌曲肯定，勢必就產生很大的鼓勵，「對年輕人來說，國台語是可以共存的，而且有人願意寫，這就很重要。」

不歧視，卻也聽不懂

　　回望他的成長時空與背景，他坦言，儘管他會的第一首歌曲是台語歌，但孩童時期仍未有「母語意識」，從小就習慣「國語才是共通語言」，雖然私底下都在講台語，但長輩連在家都選擇盡量跟晚輩們講國語，甚至會說：「講台語別人會嫌我們俗。」

　　過去因政治因素，台灣多數人使用的台語曾被打壓，甚至被指是沒水準的方言；諷刺地是，解嚴開放之後，這樣的現象，卻反而已變成一種習慣。

　　謝銘祐在南部生活十幾年來，他發現，許多三十歲以下的年輕人面對台語，有些連「聽」都有問題，就他看來，這已經不是歧視母語或害怕母語被聽到，而是變成一種習慣，「不會歧視台語，卻也聽不懂台語。」

　　他到大專院校演講總會問：「聽不懂台語的人舉手」、「沒聽過〈望春風〉的舉手」，他沒想到，真的都還是有人舉。他說，現在到國中、國小校園一定是全國語發言，顯然校園雖然有母語教育但都未起作用，他後來發現一個根本的原因：「大家在家裡不講。」他擔心這樣下去的生活習慣，「再不講，台語會不見。」

　　因此，在謝銘祐朋友圈裡，知道對方會講台語，就一定用台語溝通，甚至還會彼此告誡，在家裡跟晚輩要講台語。而他對姪子則會多透過鼓勵方式，約定只要一整午都跟他講台語，就帶姪子去日本玩。不過，他笑笑說「到現在一直都在破功」，但破功那天又是一年的起始點，「至少開始會聽了，才有機會；聽不懂，就會排斥它。」

　　身為國台語歌詞曲創作人，面對台語文書寫，謝銘祐也有自己

二〇一八年六月二十三日，謝銘祐（前左）、林生祥（前右）在第二十九屆金曲獎頒獎典禮帶來精采表演〈氣口〉。攝影：吳翊寧

一套想法。他認為，中文字的「望文生義」特質沒有必要排斥，譬如「我予（ho）你」的「予」，本身就有給的意思，即便不會唸，看字多少知道意思。他強調，台語文其實有字，但一直以來最大的問題是，沒有一個統一的輸入法系統。

然而，他也知道現在針對台文書寫方式存有好幾派主張，有的覺得可以混合，有的要美式英文拼音，有的要羅馬拼音，他則認為，政府可以拿出力道，集合這些不同想法的學者一起開會；另一方面，他希望公部門在門檻上，能加強選用本土語言人才，替會說台語的或客語的人加分就更好，讓母語不再被歧視，而是提升自我能力的工具之一。

台灣的海盜性格：為生存而學會融合

台語之於謝銘祐而言，他形容成「日常」。「你的呼吸，你所有的感受，就是台語，」無論是吃飯或是喘息，就是謝銘祐記憶的一部分，「所以我不會去想它，就是它最好的部分；我不用去思考它，它就在了。」

的確，謝銘祐和他組的「麵包車樂團」，在台南各大小廟埕前開唱，沒有華麗舞台，或是震耳刺眼的聲光效果，擺出幾張紅色塑膠椅，用簡單的樂器和幾個音箱，就是他們的日常小巨蛋，用一首首橫跨各世代充滿共鳴的旋律，不斷和大家分享台語之美。

三十歲時的謝銘祐選擇回到安平小鎮，繼續踏在音樂的道路上，訴說著過往的歷史，他感慨，隨著時代轉移，台灣島上的種族紛爭不斷，荷蘭人、日本人、漢人不同族群治理著這片土地，讓台灣人一直沒有自己的樣子，展現自我樣貌的機會也一直沒有很高。

話鋒一轉，他發現，台灣慢慢有一種「先求生存，再找自己樣子」的「海盜性格」出現。謝銘祐表示，面對不同族群不斷治理的過程中，台灣人為了生存而學會了「融合」，這種「融合」讓台灣有著各式各樣的面貌，包括歌曲。

「很多台語歌就有日本味道，現在還有國語味道、西洋味道，配上我們的語言，就融合在一起。」他緩緩地說，這片土地，承載許多苦難，他希望透過他的音樂，讓大家認識台灣有這麼多融合的面貌，「而且要接受它，不要排斥任何不一樣的東西。」

（文／江佩凌）

幕後觀察

唱歌給長輩聽

謝銘祐每個月都會在臉書粉絲團置頂文章PO出整月行程，其中除了受邀的演出或演講，他還會帶著他的樂團走遍各大小醫院護理之家、安養院、老人長照中心等，唱歌給長輩們聽。

十幾年來，唱了上千場，問他為何能持續這樣地唱下去？謝銘祐語重心長地說，他們不是當作公益的心態來唱，「而是陪伴、回饋給他們該有的。」在他眼中，沒有這些人就沒有台灣奇蹟，在唱歌給這些長輩聽的當下，讓他們可以回到他們的時代，喘息一下子，「就在那一小時裡，我真的感覺到他們是放鬆的。」

做伙來唸歌

〈序曲〉（歌詞節錄，收錄於《舊年》專輯　作詞：謝銘祐）

滿山　春色　青春嶺　寶島　曼波　跳成雙雁影
跳舞時代　揣思慕的人　滿面春風　春風歌聲
啊～
蝶戀花日日春　閣一首白牡丹　挽完六月茉莉　碎心花惹秋怨
安平彈追想曲　青春挨悲喜曲　心內事無人知　空想河邊春夢
啊～

澎恰恰：
和台語文跳袂煞的雙人探戈

既然被歸為「台掛」，那就更理直氣壯、更認真、更有意識地來
推這「水甲翻過」的語言。

「台語是我的語言，是我表達一切時最好運用的東西，是她給
了我持續創作的源頭跟動力。她是母語不是母語，都好啦，重點在
於台語的美，該讓更多人知道。」

縱橫演藝圈三十餘年，儘管也曾天天唸報紙，刻意學得華語的
清晰咬字與字正腔圓，但澎恰恰身上貼著的標籤始終仍是「台掛」
主持人，不過這路倒也寬闊，金鐘的主持人獎，他就拿過五座。

這些年，澎恰恰以台語主持、演出、編劇、導演，參與音樂
劇、電影製作，也唱台語歌、寫台語歌，私下聊起台語文的一切，
總是滔滔不絕。他說自己對台語文的了解都是自學、看書，還有與
朋友討論、辯論得來。這一切，對「台掛」的他來說看似理所應

當，他也的確理直氣壯，「既然被歸類在『台掛』，那對這一切就要有更深認識，也要更有意識來做這些事。」

「水甲翻過」的深度底蘊

在澎恰恰眼中，台語文是「水甲翻過」（媠甲翩過）的語言，不說別的，光是要描述一個打人的動作，就有數種說法，「搝、推、托、舂、損、刜……」，他張嘴就連珠炮似的噴射了一串，配上生動表情與動作，活脫像是在夜市擺攤叫賣，讓看著的人只有笑著猛點頭的份。

澎恰恰認為要先讓人覺得有趣，再引出台語深度。攝影：徐肇昌

　　他說台語文的美，美在萬千風采，也美在語調一改，意義即刻大不同。「像是三字經國罵、問候對方母親是否安好的語句，語調重了就是罵人，昂揚一點就是很親切的招呼，這很有趣的。」

　　說起台語文的一切，澎恰恰經常是笑瞇了眼，表情像是孩子說起了母親的溫柔，也像是父親想起了女兒的可愛一樣，十分陶醉。

　　如同主持節目有一定的套路，澎恰恰要人領略台語文的美也有一套循序漸進的步驟，前頭要人哈哈笑著覺得有趣，接著就引人直探台語文的深度底蘊風光，「我們日常會問：你什麼時候要來？那回答是：liâm-mi來。你知道那liâm-mi，是liâm-pinn（連鞭）反覆唸了很多次後得來的，而連鞭，就是快馬加鞭的意思啊，你看多有誠意！」

「漁網」就是「希望」

　　很多人忘了澎恰恰的歌手身分，但那正是觸發他開始創作台語歌曲的契機。他說台語有七音八調，台語歌要動聽、易唱，關鍵在於曲調是否能和搭著歌詞的音韻，「只要一個音倒掉，意思就不一樣了。」當年，他因此動了別人的譜，改了一個音，卻被對方痛罵，「你憑什麼可以改我的譜！」澎恰恰那時意識到，原來為了一個字改人家一個音是這麼嚴重的事，但也因此被刺激到，「好，那我自己來寫！」

　　有人說台語歌充斥菸、酒、江湖，太多社會寫實，相比華語歌曲的抒情、寫意，境界很不同。澎恰恰要大家去聽潘越雲的〈心情〉，又哼起許景淳的〈天頂的月娘〉，他說裡頭借景物寫思念的情懷是淋漓盡致，是台語文優美的一種展現途徑。

回憶起禁歌年代，多是有色的、與政治影射相關的作品遭殃，看在澎恰恰眼裡，那些歌曲都是台語文的巧妙應用，讓人拍案叫絕。像是〈補破網〉的歌詞被說太過灰暗，「但〈補破網〉的『漁網』，剛好與台語的『希望』是諧音啊。在那個年代，是很鼓勵人的。」

後來的他，幫過甲子慧、江蕙、龍千玉、蔡小虎、康康等人寫歌，家喻戶曉的綜藝節目說唱短劇〈鐵獅玉玲瓏〉主題曲也出自他的手，「寫台語歌我不敢說是要導正，但至少是想寫出正確的音韻與字。」他也自我期許，讓台語詞曲創作文學化，是要持續努力的創作方向。

兒時的外台歌仔戲印象，加乘早年的秀場主持經驗與電視短劇歷練，澎恰恰後來與許效舜合作〈鐵獅玉玲瓏〉，說學逗唱，插科打諢，他一方面展現屬於自己的主持風格與才華，同時也活現了台語文的韻味所在。他說那是一個節目革命，翻轉了一些東西，「那些短劇、說唱，就必須要用台語演出，觀眾才會清楚那趣味。」

即使無能發揚，也要善盡保存

澎恰恰一直都是浪漫的、興趣廣泛的，他小時候有播音員夢、棒球夢，後來有電影夢、音樂劇夢；但他也直言，綜藝掛、台掛的背景，讓很多人不願意相信他的認真與夢想。二〇〇九年，澎恰恰應邀演出音樂劇《隔壁親家》，二〇一五年又參與製作、演出了音樂劇《釧兒》，前兩年將黃春明小說《眾神的停車位》改成《眾神聽著》，都是全台語的演出。他說，是那樣的舞台、那些機會，讓原本覺得該退休的自己又看到了新天地，他又有了夢、有打拚的動

力。

　　台灣的演員，不論是影視圈或劇場圈，台語的表達能力普遍是有待加強，一個發音的錯誤，會讓「蚵仔」變「芋頭」，「喫伊」變「摝伊（舂伊）」。澎恰恰經常是邊演出、邊主持，也邊教學，他樂此不疲，他說自己這一代或許無能發揚，卻必須善盡保存。他希望做這些事可以更有效率，因為近年的台語節目並不少，台語的戲劇與電影作品也不缺，「但應該更有系統去教學，去整理很多字詞語句的用法。」

　　首先，他收了《釧兒》的女主角張芳瑜為徒，送她去歌仔戲班學習，也手把手教著她台語的發音，「如果有資源，應該一次招一

澎恰恰總是不厭其煩，一字一字地矯正發音。攝影：徐肇昌

整班的年輕演員來帶」；如果一切順利，明年他也將在電視節目中開闢台語教學單元，「演的、說的、唱的，用各種我會的方式，將台語文好好表達清楚。」

在日常裡，仗著自己年紀大、臉皮厚了也老花眼，澎恰恰如果去餐廳吃東西，會刻意「推廣」台語的使用。他會叫來服務生，用台語說：「囡仔，這菜單可以唸給我聽嗎，我看不懂。」他笑說這不是故意考試，而是鼓勵，「有的孩子真的就會用台語來回我，有的不太會的，我就會問：是哪裡出生的，鼓勵他學一下台語。」

到了往生也要推廣台語

對於台語的追求與探尋，他也從未停止。訪談末了，他哼起〈淡水暮色〉，「日頭將要沉落西，水面染五彩……」，「你知道為什麼那個『染』要唱成感染的『染』不是染色的『染』？因為晚霞的暮色跟生病的感染一樣會退散，染色的不會退。」

澎恰恰的神色很得意，因為那是他「想」出來的，他說，「每天這樣哼著歌、看著字，我就會一直想，為什麼是用這字、唸這音，而不是另一種。」對他而言，台語是母親、是繆思；也是台語，讓他挺胸抬頭有了自信，讓他的每一天都有新發現。所以，「關於（推廣）台語這事，是到我往生都還要繼續做的事。」

（文／汪宜儒）

台語文的業餘專科

多年前與澎哥初見面，是因為他與躍演劇團的原創音樂劇《釧兒》正在排練發展，那時閒聊，他邊說邊哼唱起好幾首台語歌，他只是想告訴我，台語的音韻之美有多迷人。但我也記得他的哀怨：「一個電視諧星、一個這麼low的主持人，大家不可能去想他有多浪漫、多有文化意識。」

提到台語文的推廣，我第一時間想到的受訪者就有澎哥，但從事演藝工作的人，總是忙得很，行程不好敲，鋩角不會少。澎哥也是忙到翻天，但一提及是為了台語，他就成了萬應公。

他也很得意，很多與他相熟的年輕演員或劇組，後來知道他是台語文的「業餘專科」，每每遇上不確定的咬字發音，都會找他諮詢，「我不管再忙，看到這種訊息，一定立刻回應。」他說：「那是做到死、做到往生也要做的事。」

台語課

媠甲翻過（suí-kah-phún-kè）：形容很美，美翻了。

揍（bok）：以拳頭打人。

推（thui）：毆打。

乇（mau）：以拳頭或棍棒打人。

舂（tsing）：撞、揍。

摃（kòng）：以棍棒擊打。

刜（phut）：以刀子砍擊。

楊秀卿：
給台灣的禮物

大家都來學，一人學一齣，以後可以跟孩子說，這就是我們台灣的文化。

　　因為感冒延誤就醫，四歲以後的她再也看不見這世界；十三歲那年，腳生了怪病，從此痲跛。看不見、走不遠沒換來楊秀卿的自怨自艾；幸運的是她還聽得見、唱得出，十歲開始揹起月琴走江湖，傳承台語唸歌藝術至今，成就國寶級的藝術人生。

　　她數十年如一日地在唸歌裡吟唱著不同的故事，在聲腔音韻轉換之間，牽引著所有人的哀樂喜怒，如同我們在《血觀音》裡看見、聽見的一樣。是的，楊秀卿正是《血觀音》裡的唸歌阿婆。

　　唸歌是一項傳統說唱技藝，演出者通常在街頭表演，一人或多人皆可，以四句聯、趣味且押韻的七言絕句串起故事，伴隨著月琴、大廣弦等樂器自彈自唱、半說半唱，曲調則隨演出者自由變化，常見包括江湖調、七字調、都馬調等。唸唱內容多半是民間傳

說、歷史故事，也能以社會時事、日常生活為題，主要仍是勸人為善。

彷彿肉體上的打擊還不夠似的，她的唸歌人生，也隨著台灣社會變遷與不同時期政權所施行的語言政策起伏跌宕著。只是，這仍不足以擊敗楊秀卿，她從來沒有被擊敗過。

也唯有經歷過大風大浪，她才能如此堅定說著：「台語、台灣話，就是我土生土長的話，我出生時是台灣人，現在也是台灣人。」因為台語始終像是臍帶一般的存在，連結著她與這塊土地，也串起她戲劇化的八十餘載人生。

汐止前院傳來的唸歌聲

接受訪問的這天，是楊秀卿跟她的藝生們固定排練、上課的日子。

在她汐止家門外頭、以鐵棚搭起的半開放前院，就是排練場。與慣常的、住居時間久了的民居一樣，這裡有見證了歲月的藤椅木桌，角落有置放雜物的箱櫃、壺碗瓢盆，但在這裡，很不一樣的是，不論寒暑晴雨，月琴聲、人聲不歇，都是來跟楊秀卿習藝的人。其中，跟著楊秀卿學藝七年的夫妻檔儲見智、林恬安，更是每週從台中驅車北上。林恬安進一步解釋，其實是因為文化部文資局的「重要傳統藝術傳習計畫」，大家才有機會聚集在此。

楊秀卿腳不方便，多年前曾有人想邀請她到學校授課，固定傳習唸歌藝術，「我說我出門要人牽扶、要車載，但若是學生來，或是有車接送，那可以。」楊秀卿刻意說得驕傲，隨即又笑，「我不是大牌，不是刻意孤僻，是真的不方便。」慣走了江湖，客氣與自

我嘲解就是最好的處世之道。

　　排練中場，聞人來訪，楊秀卿也是直說自己憨慢，只會台灣話，其他語言都「不知道」，「我沒什麼啦，你們不棄嫌，我這個老阿婆九十八歲了，還讓大家費半天工來到這鄉下地方。」實際上，楊秀卿出生於一九三四年，今年八十五歲。對於「謊報」年歲，她呵呵笑著，「這我的招牌啊，幾年前我就開始這樣自我介紹了。」

　　眼見老師準備開始受訪，藝生們各自散落角落，抱著月琴、盯

楊秀卿的「唸歌」課。攝影：張新偉

著譜，撥弄幾下又低聲唱唸幾句，反覆著又反覆著，那神情，是想熟練所有段落的專注。一邊調整坐姿、一邊喝水潤喉的楊秀卿，耳朵機敏得很，一聽有狀況，不時就出聲提醒咬字、聲韻，所謂耳聽八方，大抵是如此。

然後她說起自己小時候學唸歌，都是一句句硬背、硬學，不求甚解，「一段歌，我就一直唱、一直唱，詞的意思或想傳達的意義是什麼？我不知道，也不敢問，人家教，我就趕快背，因為要演出賺錢啊。詞句的體會，還有什麼粗話、黃話的雙關語，小時候的我哪會知道，反正觀眾笑他們的，我唱我的。」

人生是最好的見證，生活是最好的導師，等到年紀漸長，眼界漸開，楊秀卿漸漸領略歌詞裡的雙關暗喻，那是語言的趣味，台語獨有的況味，也是禁唱的原因。她舉了個例，那是「孟麗君」的段子，大意是皇帝在花園跟孟麗君調情，興致一起，說著「鴛鴦水鴨做一池」，「就是這一句，被人家說很黃，要禁。」那大約是民國六十至七十年、是講台語會被罰錢的年代。

寫完論文就再見，又整組還回去

楊秀卿的唸歌發展，一路隨著台灣社會的脈動起伏。年少時，她跟義母、義姊走唱，那時沒有什麼大眾娛樂，每個村庄口、每戶人家門前，都是舞台，餐館酒家、茶室工廠，都有需要唸歌消遣、寬慰心裡的需求；戰後年代，以台語表演的唸歌政治不正確，加上孩子出生，收入不足以維生，她改為一邊唸唱、一邊賣藥，後來也轉戰電台，養出了一批聽眾，鼎盛時期，全台有五十三家電台都在播秀卿的唸歌，卻又遇上政府推行國語運動，賴以維生的技能，竟

成為生活裡最沉重的包袱。

「電台的人要我學國語、用國語唱，我說，這種國語唱不來。」楊秀卿的絕活、身上揹著的月琴，從此只能藏箱底。後來，還好有許常惠老師，「他來邀約，說這唸唱是台灣的文化，再不演出，會失傳，會被忘記。他找了我，還有很多傳統戲曲的老師到台北青年公園演出，我才又開始。」

「台灣話實在是卡好聽，音分得比較清楚。」楊秀卿突然有感而發。她說，別的語言，經常是「同一個音給好多個字用」，「台灣話不是，譬如『香港買香，香很香』、『把門打開，開水開了』，若是用華語唸，聽來都一樣，台灣話音很多，唸起來就不同款了。」

事實上，經過時代變遷，經過語言政策的影響，年輕一輩的台語能力流失得驚人，楊秀卿經常一邊教學，一邊長嘆，「唉，這個你們也不懂？」她說，年輕人經常講不輪轉，就算教了、說了很多次，「還是聽無。」緩了一下，她說，「年輕人，我要糾正好，不輪轉，我慢慢喬，喬到好。啊，可是他們很多人都寫完論文就再見，好不容易喬好的，又整組還給回去了。」那語氣，無奈得讓人有點沉重心痛。林恬安補充說明，原來，很多研究生都會以楊秀卿的唸歌藝術做為論文題目，可能跟了一陣子、學了一陣子，「但論文一寫完，就再也不見人影，也不知道後來的發展。」其實對此，大半生都為了生活拚搏著的楊秀卿也瞭然，「年輕人都很忙，要打拚事業，要賺錢、存錢，要娶老婆、要買房子……，還是要鼓勵啦，鼓勵年輕人多講多學才好。」

什麼都願意做，哪裡都願意去

年紀雖大，楊秀卿的腦子卻清楚得很，每個段子只要開個頭，她都能一一唸誦出整部的詞，即使是多年前曾來訪的客人，多年後再見，她一聽聲音就能說出來者何人。她的藝生都打趣，「老師的CPU不用管影像檔，專門處理音檔啦！所以我們現在就算拿電腦要來記錄她這個人腦，東西還是記不完啊。」

講到記憶，興致一起，楊秀卿跟我們回憶起一九八八年，她在全美同鄉會的邀請下巡演美國三十州的那兩個月。她說美國真的太大，「說要來去『隔壁厝邊』唱，搭車卻要五十分，那哪是『隔壁』，都過庄、過縣了。」她說她在那裡，唱的是〈勸世歌〉、

楊秀卿唱歌是為了傳藝。攝影：張新偉

〈周成過台灣〉，「那邊的鄉親都帶著自己的孩子來看，那些孩子可能打從出生都還沒回到台灣，我聽到他們都對孩子說：這就是台灣的文化。」

她記得某一場演出散場後，一個小男孩跑來抱住自己，「他說：阿嬤，希望妳下次再來，我的台語會更好。我跟他說：好，你要加油。」

楊秀卿至今沒有再去過美國，那個小男孩，現在或許也有了自己的小孩。對楊秀卿來說，她深知自己身上有著一部分的台灣文化，她也清楚，不論是唸歌或台語文，傳承的關鍵在於要有人學、還要推廣。所以她支持台語電視台的成立，她願意教學、公演、接受採訪，去年，甚至演出了電影《血觀音》。

一人學一齣，一代傳一代

她說起前一日到醫院健康檢查，幾個護士發現了她就是《血觀音》裡唸歌的阿婆，「大家就圍上來，說要拍照，啊我沒抹粉也沒做頭髮，真的歹勢。」她的語氣，開心驕傲，她說自己一直住在鄉下所在，偏僻，大家不知道，「但現在有網路，還有電影，好像大家比較會傳，網路上也有我的演出，大家可以去點、去聽，聽了就會有好奇，這樣很好。」

不過，楊秀卿深諳萬事無法強求的人生道理，她也並不因此就過分積極或抱著過分理想的期待，就像當她面對時勢變換、政策更迭，或許興盛一時、或許哀嘆一時，但她總還是說：「到彼个時，行彼个棋。聽過嗎？換一種頭路，換一種骨頭。」那不是認命，那是另一種拚搏求生的正向。

「古早唱歌為生活，現在囝孫攏大了，不用我出頭，唱歌就是為傳藝，一代傳一代。」楊秀卿早把唸歌的節奏融入在日常對話與生活，她最後是呵呵這樣笑著說著的。雖然看不到這個世界，但她說出了一個畫面，那是她心中所謂傳承的畫面：「大家都來學，一人學一齣，以後可以再跟孩子說，這就是我們台灣的文化。這就是傳承，一代接一代。」

（文／汪宜儒）

口白歌仔

唸歌，又稱唸歌仔，是台灣具代表性的說唱藝術，由一人或多人唸唱，搭配月琴、大廣弦、笛、簫等樂器伴奏。口白歌仔則改良以唸為主的傳統式唸歌，成為加進更多歌仔戲曲調、民間歌謠及口白的新式唸歌。

台語課

到彼个時，行彼个棋（kàu hit ê sî, kiânn hit ê kî）：指臨機應變。

吳朋奉：
回不了頭的台語思戀

寫詩是天分，表演是因緣際會，講國語是不得已，吳朋奉對台語的愛，不需要原因。

　　出道近三十年，他先是深耕劇場界，後來攻進電視和電影圈，成了炙手可熱的演員，演什麼像什麼的表演，總能抓住觀眾目光，有時光芒甚至勝過男主角。但說起吳朋奉，除了絲絲入扣的演技，一口精湛到味的台語，或許更是讓他得以直擊粉絲內心的關鍵。

　　吳朋奉從劇場到大小螢幕作品豐富，二〇一〇年的電影《父後七日》以「師公」一角出頭，贏得金馬獎最佳男配角的肯定，也拿過金鐘獎迷你劇最佳男主角。在他身上，總能找得到充滿各種角色和人生百態的影子，也見得到許多演員身上有著的強烈對比。我們「直攻中路」聊台語，吳朋奉一舉一動還是帶著熟悉的Aniki（大哥）氣勢，面對面一打開話匣子，迎面吹拂而來的卻是意外的溫柔。

渾然天成的台灣認同

採訪這天，吳朋奉踩著木屐，戴著復古帽，提著塑膠網袋，走進他習慣的咖啡廳沙發區位置，隨興點起餐點，先是親切問候吃過飯了沒，還推薦這間老牌咖啡廳餐點口味不錯，絲毫沒有影帝架子。

聊起他和台語的緣分，吳朋奉語帶感情，但是直接切入重點：「我從小聽到台語，就被這個語言的聲音所吸引，我是被她的藝術性吸引，而再產生認同，那種認同是很自然的，不是意識形態上的。」

時光倒回幾十年前那個推行國語政策的年代，孩童們在學校講台語往往遭罰站、罰錢，吳朋奉當時就讀的三重國小情況卻十分另類。他回憶，因為三重講台語的人口實在太多，校方無法完全禁止，罰到最後老師也覺得「沒路用」，乾脆就放任學生們講台語。

對吳朋奉而言，台語就是兒時最常聽見的語言，散布在生活周遭，從學校同學到街坊鄰居，「哪有可能不講台語」。

令人驚訝的是，吳朋奉其實是外省小孩。他說，他的父親是國民黨的知識分子，充滿祖國思想、操著各種語言，他的叔叔背景更硬，是看管國民黨黨員的人二室主任，時時監管著哪個黨員思想不忠貞、行為有問題，有如東廠的存在。

面對這樣的省籍背景，吳朋奉坦言曾產生身分認同的錯亂，當學校老師問起「外省人的舉手」，起初他會猶豫不決舉手一半，心想：「我難道是外省人？不對啊，我的朋友都是台灣人，我跟他們一樣啊，可是我知道我爸爸是那邊過來的。」後來的他，決定都不舉手了，「我就是台灣人。」

吳朋奉隨意比劃都是氣勢。攝影：徐肇昌

　　儘管身分背景曾讓他困擾，但問起和台語親近的經驗是否曾讓他感到疑惑，吳朋奉斬釘截鐵地回答：「沒有！」並強調著：「認同就是認同，喜歡就是喜歡」，台語對他而言，就像是熱切追求的愛慕對象，怎樣都不會放棄。

愛台語，愛戲劇，拚出一片天

　　吳朋奉認為，台語迷人之處就在於聲調非常好聽，小時候的他一聽見從沒聽過的台語，耳朵馬上豎起來，進一步主動了解詞意和正確發音，反覆學習，強化台語能力；頓時，眼前的影帝突然放下碗筷，睜著熾熱的眼神補充說道：「我從小就有這個興趣，我是真的很愛台語。」

　　一段突然又直接了當的告白，確實感受到他對台語滿溢的由衷之情。

　　時光回溯一九八八年，那時台灣剛宣布解嚴不久，壓抑許久的聲音得以自由釋放，劇團更是風起雲湧地誕生。吳朋奉退伍後先到印刷廠上班，為幫助同事保障權益，他宣揚勞基法每年應有幾天休假，笑說有如「在公司裡面搞工運」，最後被老闆發現，當然馬上被開除。後來，吳朋奉因緣際會加入劇團「零場121.25」，受到啟蒙老師周易昌影響，從此踏上表演之路，學習傳統民間技藝車鼓、番婆弄、鼓花、家將、太極等訓練。

　　經過多年磨練，如今吳朋奉的演技已不在話下，不僅活躍於各劇團，更跨足電影、電視圈，在眾多獎項已是備受肯定的入圍常客。

　　不過談及年輕演員的台語能力，吳朋奉倒是極為感慨，現在和

二〇一〇年十一月二十日，吳朋奉獲第四十七屆金
馬獎最佳男配角。攝影：陳毅偉

過去的差別就在於對台語的「浸濡」不夠深，因此聽起來「嫩嫩
的」。「浸濡的夠深，才有那種氣口，講出來時也才會有感覺，演
員的口條就是包含這些東西。」

　　用台語演戲，台詞基本上都難不倒吳朋奉，但他也同時點出問
題：「怎麼講才漂亮。」他提到，由於寫劇本的人都是用國語思
考，拿到劇本後還要翻譯成台語，這也考驗著演員本身台語的功力
有多深。

　　說來慚愧，面對我們國台語交錯的不輪轉提問，吳朋奉坦率地說：「我跟你們講國語是我姑不而將（不得已），怕講台語你們會聽不懂。對我來說，講國語就是這樣，你聽不懂我只好配合你，就像講英語一樣。」

「茄子蛋」和那個已不在的老朋友

　　吳朋奉演技獨具特色，廣告商也常找上門，近幾個月熱播的茶飲廣告，便能見他用十足生活化的台語介紹台灣茶。那支廣告的導演其實就是知名作家吳念真，兩人除了在舞台劇《人間條件3》合作，這齣廣告吳導更直接點名吳朋奉演出。

　　吳朋奉近期也受到年輕樂迷關注。他在二〇一八年金曲獎最佳新人、最佳台語專輯獎得主「茄子蛋」樂團的〈浪子回頭〉MV跨刀演出，影片中的他惆悵吸菸、潦倒飲酒，詮釋浪子形象，透過鮮明演技搭上茄子蛋滄桑歌聲與詞曲，MV廣受好評，如今在影音平台觀看次數已將近一千萬。

　　老大哥爽快點頭替新銳樂團演出MV的關鍵，吳朋奉直言：「他們算是對台語很有感情。」一邊哼著詞並稱讚說道：「音樂很順，聽了就很容易記得，我覺得這個就是好音樂。」他為這群年輕人的成就感到開心，順便為自己打打廣告，歡迎有人找他寫台語歌詞。

　　〈浪子回頭〉這支MV，對吳朋奉還有著另外一層意義。吳朋奉感性提到，拍攝過程中不斷想起過世的好友——音樂人郝志亮。「他很愛寫歌，從來沒有正經工作，念台大哲學系，看起來就像流浪漢，但其實很有思想。」他也憶起年輕時和郝志亮遊山玩水跑全

台的往事，「郝志亮開著他的一台老舊Volvo車，我們一起喝酒、寫歌詞、幹譙政府……，很多人年輕的時候都會有這樣的一個朋友吧。」

除了受到好友影響嘗試寫台語歌詞，吳朋奉其實還有詩人身分，寫過不少台語詩，不僅曾被報社刊登，還在電影台詞中出現，

吳朋奉（左）在吳念真（中）導演的舞台劇《人間條件3：台北上午零時》發揮精湛演技。攝影：李易融

令人印象最深刻的，就是《父後七日》中一段經典台詞：「我幹天幹地幹命運幹社會／你又不是我老爸／你給我管這麼多？」有押韻、有氣口，為整部電影畫龍點睛，留下代表性的一幕。

　　吳朋奉目前已很少提筆寫詩，但不諱言仍常有寫詩的感覺，在創作上則抱持隨興的心態。「我不覺得作品是多重要、多了不起的事情，人生海海，會留下的就會留下，不會留下的沖走就算了，活著就好。」

台語之火不會滅，也不可滅

　　對於台語的發展，吳朋奉抱持樂觀態度，「那個火不可能滅掉」。

　　他說，年輕彼時社會上講台語的氛圍十分壓抑，如今卻發現，這個世代的年輕人開始有些不同：「有人很喜歡台語，也會勇敢講出台語，比我那個年代的人還多。」吳朋奉把台語形容成生命力強韌旺盛的咸豐草，「在台灣吼，就算噴藥欲讓它整片死掉，那根本不可能，如果不去管它，就會動不動生湠一片。」

　　面對現今台語生存處境與狀況，吳朋奉認為，政府若有正視這個問題，就要經常談論她、提到她，鼓勵大家多講台語，扮演帶頭作用。但他也同時憂心，其它更弱勢的語言所面臨的處境也同樣艱困。

　　對於下一代的台語教育，吳朋奉備感迫切地直說：「學校和家裡至少需要有一邊講台語。」他認為，現代許多父母跟小孩講國語，沒有培養台語能力的情況十分嚴重。「以後出社會，小孩不會講台語，難道不認為是很嚴重的事情嗎？去到中南部講國語，不是

沒人理你，就是像個局外人，沒有跟他們生活一起。」

　　吳朋奉鼓勵年輕人多主動學台語，若一旦遇到有人說，「你還是講國語好了」，不要理對方，繼續講台語，「台語要常常說，被笑根本就沒什麼，那個笑是感覺你很古錐，語言說得不好，是一個甜蜜的事情。」

　　訪談經歷近一小時，採訪他的我們也像上了一課，更發現吳朋奉和台語的感情關係，早已從熱戀中的愛人昇華成老夫老妻，偶爾放閃，也替他的表演生涯一層層調味，帶來甘味人生。

心所愛的語言

　　聊著聊著，談到他喜歡的台語歌，吳朋奉有些靦腆地笑說，江蕙有幾首歌他很喜歡，但大多偏好老歌，去KTV必點的歌曲則是〈悲戀的公路〉，問及是否有機會聽他開口唱，他沒思考太久，給了很直接的回應：「那去外面，抽菸。」

　　我們走了出去陪吳朋奉「呼吸」，竟聽到他說出有點令人感到意外的事情：「其實我第一志願不是當演員，當初比起當演員，我比較想當歌手。」語畢大笑，他說，雖然沒有成為歌手，但還是滿喜歡唱歌的。

　　吳朋奉吸著菸，在路旁街車的引擎排氣聲伴奏下，氣口飽足地唱起〈悲戀的公路〉，聲調優美、轉音動人，就連路人走過都被他歌聲吸引，不由得回頭看了幾眼，想當歌手的願望果然不是隨便說說。吳朋奉對台語的愛慕，大概一直都表現在這樣的用力唱、用力說吧，因為那就是他心所愛的語言。

（文／江佩凌）

愛戀台語文的詩人靈魂

猶記初次打電話給吳朋奉約聊台語文的意願，他在電話那端先是反問我「你會講台語嗎？」我一度擔心是否會因台語不夠好而被拒絕，沒想到影帝接著認真說：「所以為什麼現在台語不夠普及？我在想吼，就是因為現在的小孩都沒有講台語的環境，也不習慣講台語。」

我順著他的話鼓起勇氣邀談台語文，其實心裡也想聽聽他怎麼看待我這八年級生的台語環境，心想：「找他聊就對了！」

除了認識吳朋奉的演員身分，還知道他留著詩人的血液，依稀記得訪談間，他拾筆寫下「浸濡」二字來描述台語能力的關鍵，那筆觸是堅挺又優美，而他的率性也令我印象深刻，就像與人輕鬆話家常，散發一種自在灑脫的互動，就連大膽要求聽他開口唱歌，影帝都霸氣配合。

在我看來，吳朋奉對台語文的愛，是癡愛、狂愛，也像是習慣有老伴陪伴的愛，而當下那個曾被他質疑會不會講台語的我，也被他感染，時時鼓勵著我，往後要更勇敢、更有自信地「就是愛」母語。

蔡振南：
120% 的台語藍調

我會用我所有感情唱出那種悲鳴，用我的生命在哀號。

　　聽聞蔡振南的名字，多數新世代年輕人的第一印象很可能是知名演員。要這些小朋友了解他從歌手起家的早期生涯，確實是難了些。不過，「南哥」創作的台語歌句句道出市井小民的愁苦無奈，穿透台灣常民生活，眾多充滿共鳴的經典詞曲，價值絕不在他精采的戲劇表現之下。

心事誰人知，苦到紅翻天

　　一九七九年台美斷交，激起國內年輕人面對自我文化意識覺醒，許多人不再高唱西洋音樂，轉向「用自己的語言，創作自己的歌曲」。當時二十六歲的蔡振南，已經做過各種勞苦費力的粗工，體驗到遊走在底層社會的辛苦，開始嘗試寫國語歌，沒想到原本反

南哥對於音樂和戲劇，總是毫無保留的付出。攝影：徐肇昌

應不錯的處女作竟被政府列為禁歌，讓蔡振南吃了一場悶虧，心裡很是「肚爛（挨屌）」。

彼時的音樂環境，除了主流國語歌及方興未艾的校園民歌，台語歌仍沒有市場。蔡振南決定用他的母語反擊提倡國語的政府，一九八二年寫出第一首台語歌〈心事誰人知〉，同年還砸下積蓄開唱片公司當起「蔡老闆」，找上在餐廳駐唱的沈文程幫他演唱。

〈心事誰人知〉一推出就造成市場轟動，歌曲紅遍大街小巷，各處大小夜市和店家強力放送這首充滿苦情味的台語歌，有人形容走到哪都聽得到，如此高人氣傳唱的「另類國歌」，不僅讓沈文程爆紅，也讓作詞作曲人的名字「蔡振南」受到矚目。

這首歌幾近完美的唱出生活鬱悶、悲苦與滿腹無奈，讓人愈聽愈有共鳴。回想當時光景，蔡振南淡淡地說，也沒想到這首會那麼紅，只是把心情很直接地寫出來，想不到這麼多人竟都有著一樣的心情，「這麼苦悶……」。

如今回顧這首一夕走紅的歌曲，在他眼中，是長期受到壓抑而不能講台語的民眾，有了抒發的新出口，「你不准我講台語，我就唱台語」。

煙嗓渲沁出的藍調韻

採訪這天，蔡振南正在士林戲曲中心投入唐美雲歌仔戲團的《月夜情愁》彩排，事實上，他因感冒引起中耳炎，嚴重影響聽力，樂隊伴奏時根本聽不到彩排對手的聲音，說話也必須將耳朵湊前才聽得清楚，但為了支持唐美雲傳承歌仔戲文化理念，依舊如此拚命。

　　初次見面多少有些距離感，但和「南哥」相處過的戲團工作人員說：「他就是面惡心善的長輩，其實人很好。」蔡振南在戲劇《花甲男孩轉大人》裡，是沿路和兒子爭吵反對同性戀的傳統父親，在迷你劇《媽媽不見了》之中是個難搞又愛面子的頑固老頭，螢光幕上的形象極為鮮明，總讓人感覺是條漢子。殊不知，音樂領域的蔡振南完全是另一個模樣，是個可溫柔、可悲悽的多情音樂人。

　　他填詞的〈花若離枝〉，細膩道出女性最深層的掙扎和無奈；一手包辦詞曲的〈金包銀〉，則是句句道出江湖兄弟的滄桑和無奈，悲從中來。這就是專屬於蔡振南的感性問候和獨到魅力。

　　在〈心事誰人知〉之前，他觀察到，一九三〇年代有人寫「台灣歌」，到一九四〇、五〇年代又改成日本歌謠，之後在外力因素下，中斷了約二十年沒有台語歌曲，「檯面上」的台語變成非主流，主流的國語歌則從歌手白光的「宮廷式」國語，到楊小萍、陳蘭麗「台灣的國語」，接著是校園民歌，他形容這段時間的微妙變化，「台語和國語就是兩條平行線，沒有交集」。

　　傳統台語流行音樂偏好悲情曲風，在一九九〇年代新台語浪潮的旗手林強、陳明章之前，蔡振南就是早期開拓台語歌曲市場的先鋒者之一，除了詞曲創作，他的滄桑歌聲特質更深植人心。雲門舞集創辦人林懷民因而深受打動，邀請蔡振南在雲門舞作中清唱〈心事誰人知〉，當場撼動導演吳念真、侯孝賢等人，對蔡振南的歌聲印象深刻。

　　其實，蔡振南獨特的聲音特質，是需要代價的。他在十六歲時就對爵士、靈魂樂深深著迷，那份癡愛讓他不惜刻意破壞喉嚨，大口大口吸入粉刷牆面的石灰粉塵，決心極盡所能把聲音弄成藍調

（Blues, 布魯斯）的韻味，這一外力破壞，男孩的聲音從稚嫩轉為沙啞，竟也巧妙的改變了他的人生。

奪獎率百分百，期待台語歌走向世界

一九九七年，他參與製作並演唱的專輯《南歌》，是第一張奪下金曲獎最佳專輯的台語專輯，當年還拿下最佳方言男演唱人、最佳唱片製作人；隔年再以〈可愛可恨〉蟬聯最佳方言歌王，同時以〈花若離枝〉摘下最佳作詞人。

在他眼中，台語歌的滄桑感其實就是Blues，「所以我唱了很多靈魂歌」。蔡振南回想當年當歌手錄唱片，「最肚爛（撨屎）」

一九九七年五月三日，第八屆金曲獎頒獎典禮上，蔡振南（右）連拿兩項獎座。攝影：郭日曉

的是樂隊先做好再叫歌手配唱，他的錄音過程則是十足霸氣：「我會先清唱，再送去編曲、配樂，讓他們先聽我的歌被感動。」南哥的音樂世界和一般歌手大為不同，藍調精神的互動和回應，絕對是必要的。

連兩年報名金曲獎就入圍五項，百分之百拿獎，從此之後，「蔡振南」這個名字在台語歌壇的影響力已無需贅言。然而，他也不再以金曲獎光環滿足。南哥用冷靜的口吻淡淡地說，後來的金曲獎，他就沒再報名了。

蔡振南知道，唱片市場競爭激烈，他寫的歌有時不適合自己唱，他唱的歌也不一定是出自自己之手。他坦言當時對台語歌有些失望：「過去再怎麼大賣，我都還是對我的作品不滿意，因為並非是我喜歡的內容，而我喜歡的音樂反而被藏在別的歌裡使用。」

他明白，憑一個人的力量加上環境因素，無法讓他實現對音樂的理想。到現在，其實他還有很多作品未曾對外發表。

「我一個人也不能改變世界，我是誰？我憑什麼？不過我知道，台語並不是只有這樣，我希望台語歌再過十年，可以跟世界所有的音樂一樣，有多元的面貌。」十六歲就愛上爵士，現在六十四歲的蔡振南著迷西藏歌和蒙古音樂，喜歡的歌手是黛青塔娜。對於台語歌，他一方面感嘆許多台語歌手不斷原地踏步、繞圈，風格永遠走不出來，「快五十年了，台語歌還是這樣」；另一方面，他反而佩服現今的年輕人，願意好好創作，不怕作品沒銷路。身為音樂前輩的蔡振南，顯然不自限於傳統台語歌風格，還在默默關注新類型音樂動態。

重心轉往戲劇，音樂不缺席

　　近幾年，蔡振南將重心投入戲劇、舞台劇演出，更在二〇一七年拿下金鐘獎迷你劇集最佳男配角獎，多年來的精湛演技備受肯定。而讓更多人印象深刻的是，他在《花甲男孩轉大人》中和盧廣仲一場三分半鐘一鏡到底的對罵戲，讓眾多網友拍案叫絕。他說，在拍《花甲》時，許多年輕演員總是照國語思維的劇本直接轉化成台語，聽起來總是「不痛不癢」，此時他會指導，「我有一套辦法，可以講得更到味、加分，可是新演員不一定能這樣做。」他能幫上的，就是為台語之美的文化繼續傳承。

　　蔡振南除了熱中演戲，音樂表演上也不缺席，試圖用更加開闊的心胸詮釋台語歌新風貌。二〇一八年三月底在高雄舉行的「大港開唱」，他和新生代樂團「法蘭黛」搭檔登台，改編一系列的台語老歌，不但把蕩氣迴腸的〈空笑夢〉改編成迷幻電音曲風，還把悲苦哀戚的〈金包銀〉詮釋成慢節奏的搖滾台語，更打趣說從沒組過團的他，想合組「法南黛」樂團，台下觀眾熱烈尖叫回應。

　　很多人期待他再舉辦個人演唱，但年紀已大的蔡振南，坦言不會想再開大型演唱會。「體力不好，很傷。」因為他只要登台，就會將共鳴、胸腔和喉嚨的運用發揮到極致，太消耗元氣，別人唱三十首，他只能唱十首。「我會用我所有感情唱出那種悲鳴，用我的生命在哀號」，蔡振南總是用這種毫無保留的表演方式和心意，獻給喜愛他的聽眾。

　　他緩緩說，未來頂多考慮辦幾百人的小型音樂會，並霸氣訂下規則：不賣票，純粹邀好友來聽。若真的要發唱片，也是不賣，只送給身旁朋友，還有多年來喜歡他音樂的人。

這樣的風格十分「蔡振南」，一份不為商業而做的氣魄和堅持。

憂心台語文發展

走過台語歌的黃金歲月，蔡振南對母語台語的發展其實不樂觀，甚至形容：「越來越黑暗。」

為創作寫歌，蔡振南其實從很年輕時就投入台語的研究和調查，他發現，台語至今已摻入荷蘭、日本統治時期留下來的話，發展成為純正「台灣味的台語」，和大陸那邊的閩南語已非同貌。不過政府從未有完整的台語教育，雖然口語溝通「發音」都還在，背後美麗的「字義」卻漸漸被世人遺忘。

難以想像的是，台語口氣濃厚又道地的「南哥」，也曾有不敢講台語的背景。蔡振南回想，以前台語被歧視的氛圍很嚴重，講台語甚至會被指鄉下人、沒念書、遭人看不起，讓他到台北都不敢講台語。幸好台語如今已不再是遭受歧視的語言，蔡振南才得以繼續用台語發聲。

然而面對台語文字深刻多義和口語傳達的真正原意逐漸流失的狀況，現在眾人往往是「聽得懂就好」，他搖搖頭不解說：「政府是無心無力，還是不想去糾正？難道覺得台語沒有未來嗎？」他相信對台語有使命感的人，都會感到可惜，卻無奈地說：「孤臣無力可回天。」

談起台語文，蔡振南已不再是個表演工作者，儼然搖身一變為台文語言學的專家。他對於台語用字的研究相當精闢深入，不斷強調：「台語有音，就一定有字。」並一一舉出台語同字不同義的

二〇〇三年四月十二日，台北西門町紅樓劇場「音樂故事劇場」彩排，蔡振南用說唱的方式和觀眾分享每首歌曲背後的創作故事。攝影：蘇聖斌

例子，分析台語文的發音和原意，接著他就像介紹他多年來的戰友知己般，流利地「吟」出台語七言對句，直誇說「以前的台語多漂亮」，疼愛不已。

但身為台語歌創作者，他以前寫歌卻曾「犯錯」，讓他至今仍十分在意。蔡振南透露，在〈花若離枝〉的其中一段台詞：「恨你不知阮心意，為著新櫻等春天……。」當中的「櫻」應寫作「穎」，為幼芽、萌芽之意，但當年的他，怕大家看不懂真正的字彙，當下決定寫做「櫻」，面對這份矛盾的情感，他說，如果現在寫的話，就會選擇標準字，然後在一旁加上註解。

對台語歌永遠的愛慕

顯然他對台語歌曲的愛慕並未消散，反而更加珍惜。外界十分好奇，未來是否還能再聽到蔡振南的台語專輯，他坦率回答：「看何時能付費下載，我就做，就會再寫歌，即便付兩、三塊錢也可以，因為你尊重我，我就把作品和你分享。」他認為，現階段數位音樂市場對創作者來說仍未趨完善臻熟，要拿到南哥的新專輯，恐怕還有些時日。

把握最後採訪時間，離開室內彩排場地，蔡振南一邊配合攝影師拍照，一邊回答著問題，也許室外的寬敞空氣有了引吭興致，幸運地聽見南哥哼唱幾句，只見他雙臂交疊、表情投入，所有感官在他的歌聲中都變得清澈透明。

至於蔡振南的演唱會是什麼樣子，南哥興致勃勃地說出他的想像：「我會一個人，找一個樂器跟我對飆，不套譜、一對一，這樣的演唱會嘛才會爽！」

　　這才察覺，眼前這位為台語歌開疆闢土的老大哥，儘管近幾年不斷投入戲劇演出，仍未曾離開音樂世界，更抱有一份回歸音樂本質的初衷。蔡振南到現在還是個鍾愛音樂的布魯斯熟男，心中也已擬好那份表演樂譜，可能有一天，南哥會站在舞台上，再度用120%的氣力唱出穿透你我靈魂的台灣藍調。

（文／江佩凌）

傳唱滄桑的浪漫人生

　　和母親聊到這位為台語歌開山闢地的老大哥，眼裡盡是崇拜，她形容「蔡振南」這個名字和作品，當年在噤聲的社會氛圍下，紅遍大街小巷、大小夜市，也是她年輕時在台北當女紅最有共鳴的台語歌曲。

　　多年來我十分好奇，這位螢光幕上的漢子，為何既能寫出濃厚江湖味的〈金包銀〉，又能細膩道出女人心的〈花若離枝〉，而一首苦到激底的〈心事誰人知〉，竟然是他首次用母語創作的成名曲。

　　瀏覽著蔡振南的人生經歷，那是我難以想像的小人物背景：「……十三歲開始到台北四處打零工謀生，嘗試做過道士、歌仔戲演員、布袋戲藝師、魔術師、玻璃工人、布店店員、電鍍工人、百貨店員及飯店服務生等……。」雖然一度滄桑潦倒、大起大落，蔡振南卻以不服輸的精神，為我母親及那個時代的人們，譜出深植人心的旋律，成功為台語音樂市場開創一片熱絡榮景。

　　雖然南哥因中耳炎聽力模糊，但他句句道出對台語文的愛慕，而就

在我們分開前，南哥親切搭肩送別，在我耳邊感到有些可惜地說，若不是中耳炎在他耳內引起的回音太大，「如果重聽狀況再好一點，我還可以講更多⋯⋯」。

　　我迫切感受到他對母語的憂心，並且始終如一心疼台語文發展，而「蔡振南」這個名字，也在我心裡有一份無法撼動的位置。

台語課

一肩擔雞雙頭啼（tsit-thâu-tann-ke-siang-thâu-thî）：意指一面負擔生計，一面照顧家庭。蔡振南在〈花若離枝〉歌曲中以這句台灣俗諺暗喻男子享齊人之福，引發妻妾不平之鳴。
迌迌（tshit-thô/thit-thô）：遊玩；玩弄、戲弄。

楊富閔：
台灣囡仔轉大人

有人推測台語文三十年內瀕危，楊富閔說他從沒想過，然後說：
「如果是這樣，那我要繼續把花甲的故事說下去。」

　　蔡振南與盧廣仲飆戲的這段影片，在電視劇《花甲男孩轉大人》開始播映時曾瘋傳一時，除了一鏡到底的導演功力讓人讚嘆，兩位演員家常又輪轉的台語對話，更勾起了廣大觀眾的鄉愁，憶起與父母長輩曾有過的爭執與牽掛。

　　對《花甲男孩轉大人》的編劇之一、同時也是原著《花甲男孩》作者楊富閔來說，那段影片的確也再現了他在台南大內的家族日常切片，流利的台語對答、對嗆，不用換氣似的一氣呵成，彷彿也只有趨近爭吵般的大聲說話，能讓長期沒有好好溝通的親密的家人更理解彼此。

　　更深刻呼應著劇中人物與觀眾心底的，或許還是畫面中那段曲折蜿蜒的小路，「那條路，彷彿就是他們迂迴著溝通的曲折的表

蔡振南（右）在《花甲男孩轉大人》中，一場和盧廣仲（左）流利互罵的一鏡到底演出令人印象深刻。圖片提供：好風光

現，那些幽微的、沒化解開的情感，就跟著在那路上走著、勾在一起，很飽滿。」一直笑得很憨直誠懇的楊富閔，想著那段畫面，眼神亮了，笑得更傻了。

口語人味寫故鄉

那陣子正值《花甲男孩轉大人》電影版的宣傳期，楊富閔也跟著劇組南征北討，應付著所有媒體的訪問。約訪當天，我早到了，隔著一條街，我看著楊富閔也早到了半小時。在預定受訪的會議室樓下，戴著黑框眼鏡的他，在一旁便利商店前面來回踱了幾趟，有點像是刻意想晃過時間的放空，但那神色，更像是剛上台北的南部小孩，有點躊躇、不知所措，害羞得有點可愛。

出身自台南大內的楊富閔三十歲了，不能說青春正盛，但年華正好。因為電視與電影，二〇一七年他的邀訪不斷，而實際上，他的小說《花甲男孩》是早在二〇一〇年就出版了。隔了不過三年，他又交出兩部散文，被稱為解嚴後台灣囝仔心靈小史：《為阿嬤做傻事》、《我的媽媽欠栽培》。

楊富閔使用的文體極其有趣，文壇有人歸類他為「新鄉土文學」，因為他習於夾雜著文青用語與大量口語化的台語進行書寫。此外，他的選題也是被歸因的主因，他寫自己的家族、深愛的家人，寫故鄉裡的喪葬喜慶、風俗民情，也寫出了鄉間人們的病痛、外遇、亂倫，活靈活現著截然不同於城市的氣味與人味。最有意思的，是他的對白，口語日常得立體，讓人讀來像是正目睭著一段對話正在發生（聲）。

實際上，對於台語的書寫使用，他不完全刻意追求教育部頒訂

的正確寫法，而是取其直接的發音或聯想，對於使用著大量台語進行創作，他有意，也無意。

「我的母語就是台語，在家裡環境，是全台語的，因為是傳統大家族，長輩多，台語是最主要語言。上學後，開始國、台語交錯，高中後，還有英文課，對我來說，那樣很多聲音的交錯，是很有意思的多音狀態。」他說得緩慢，字句之間偶有停頓，那像是下筆前的思考，也像是怕表錯意的惜字。

出奇有紀律的寫作青年

事實上，對於這次的專題邀訪，楊富閔顯得有些緊張，他以為，如此大量使用台語文的書寫法，對他而言並非經過縝密思考的行動結果，也並不是那麼有意或無意的二分，更像是一種最原始的驅動力，是他對語言極度感興趣的顯像。

楊富閔從小喜歡寫東西，直到現在，每次受訪或是露出的自我介紹，他都期許「持續努力寫成一個老作家」。而當他說起寫作，比談台語文或電影宣傳更顯投入、更嚴肅，「面對寫作、創作，我很紀律，我是個memo狂，會有很多to do list，我知道寫作不能靠蠻力，要身體健康，要運動、要接觸新事物。」

不同於談論寫作的自信與滔滔不絕，回到語言題，他顯得有點無力，他想了一下，好不容易開了口，「應該說，我對語言很有興趣，不論是母語台語，或是大家說的網路語言，我很喜歡抓著一個詞句就開始練習。譬如看到『難受想哭』，我會開始練習造句；又像是我寫下了『姐街』這樣的發音字，其實是一種自然反應，因為平常就是這樣說著。」楊富閔說。

小説家楊富閔。攝影：王飛華

　　他坦言，「語言、對白，一直是我創作的摸索，我其實還在尋找我自己的文體，還在探索，那不只是台語，台語是我的練習的一個部分。」

那我要繼續說花甲

　　訪談尾聲，索性跟他聊起大內的無名麵攤滷味與大內名人陳金鋒，楊富閔眼神又亮了，他笑說：「下次大內見！」然後在《花甲男孩》書上，他寫下了「花甲大人轉男孩」，看他又開始笑得靦腆，我決定嚇嚇他。

　　我告訴他，曾經有悲觀一點的人推測，台語文可能在三十年內成為瀕危語言。楊富閔聽聞就愣住了，他說自己從沒想過有這可能，嚴肅著臉，他想了好一陣子，然後很堅定地說：「如果是這樣，那我要繼續把花甲的故事說下去。」

　　或許，就像劇中的鄭花甲一樣，還有一段路要走，還有一些人生體驗得過，才會轉大人。也或許，要積累更多年歲才會知道，或者並不見得會更清楚，在楊富閔的台語文進行式路上，留下的究竟是什麼。不過，在訪談結束的很多天以後，他留了訊息給我，他說：台語／語言，對我而言是思想，是我的生活。

（文／汪宜儒）

台語課

童乩（tâng-ki）：乩童。民間宗教在做法事時，藉神明附身傳達神旨的人。

腳數（kioh-siàu）：1. 戲台上的角色，也用來指涉某種特定的身分地位。2. 引申為人的膽識。

王金櫻：
台語才是真正媠的東西

我不是做表演，我是在做文化傳承、做劇本的保存。

　　台灣歌仔戲國寶級旦角演員王金櫻六歲就登台唱戲了，她的扮相佳、氣質好，聲嗓清雅圓潤，咬字吐音清晰耐聽；要知道，歌仔戲首重唱腔技巧，坊間就有一句俗諺：「一聲蔭九才，無聲毋免來。」王金櫻，是祖師爺賞飯吃的料。

　　她今年七十三歲，嗓子因長年唱戲、教學有些低啞，但身形依然優雅，儘管未著戲服，舉手投足間，傾瀉而出的仍是屬於台上的萬千風華。

台語之美在音韻起伏

　　王金櫻的舞台經歷，一路從內台戲、賣藥團、廣播到外台戲、電視、劇場，說她的生命經歷就是歌仔戲在台灣的發展歷程一點都

不為過。那一日，在大稻埕戲苑的排練場遇到王金櫻，天還熱著，她穿著連身裙裝，手執小摺扇，盈盈笑著。開口跟她說明「台語專題」的想法、邀約她成為受訪者，她連點了好幾下頭，說了幾次「好啊」。她說，「這麼好、這麼美的東西，不能拍毋見（遺失）！」

　　王金櫻的台語地道，咬字清晰，她說時下人台語說不好、不輪轉，很多演員上台演出，卻講得讓觀眾看戲還得看字幕，「是貧惰（懶惰）出力！」她強調咬字得字正腔圓，發音要足、要飽，她親身示範，說起了印章與孩子的台語發音，「印仔（ìn-á）領錢，囡仔（gín-á）開錢。」這些年，早習慣教學生的她，立刻要我們跟著她唸了幾遍，等她聽得滿意了才點頭說好。

　　正式訪問當天，王金櫻穿著褲裝，爽朗大方，讚她品味好，她說自己平常在家也都這麼穿，即使天天下廚、做家事，依然如此，「睡衣是在房間裡穿的。」王金櫻講究這些生活細節，就像是講究著台語的發音咬字，問她台語美在哪，讓她這麼堅持，她沉默了一會兒，笑說自己小時候沒讀太多書，所以說起華語舌頭會打結，但說起台語，隨即滔滔不絕。

　　「我們現代人表達感謝，就是『謝謝』二字，但台語是『多謝，真勞力』，『勞力』，多親切貼心。」她還沒說完，「在電話裡，現代人會說『你找誰』，台語是『咱佗位欲揣』，你聽那發音，多舒服好聽。」王金櫻說，台語的美，美在那裡頭的音韻起伏，美在讓人聽起來像是音樂。同時，美在她的細緻與細節。

　　說到推廣台語文，王金櫻擺擺手，她說不要這麼嚴肅，會讓人沒興趣，她說古早戲齣裡的字句用詞都押韻、好聽，有的是趣味的繞口令，有的是近似音義的趣味玩笑，「如果可以整理出來，輕鬆

一點的，孩子要學戲、要演出也比較會感興趣。」

為手抄劇本尋原音

　　幾年前，王金櫻從幾個歌仔戲前輩手上接過一大批劇本，範圍從民國四〇年到七〇年、從內台戲到外台戲，字字句句都是手抄，而那些泛黃的、脫線了的紙頁，脆弱得很，更顯年代感，「前輩說他們年紀都大了，用不上了，知道我還在教學生，希望我多少幫忙傳下去。」

　　一開始，她每天揀個幾本出來翻讀，讀著讀著覺得有意思卻也感覺有點慌，「我從小唱戲，看個頭基本上都知道接著的劇情怎麼

王金櫻每天翻讀收藏的手抄劇本。攝影：吳家昇

走，但別人呢？」王金櫻說，「裡頭很多經常是有音無字，因為台語的發音用字有太多是寫不出來的。」怎麼辦？她決心著手自己幹。

她說自己學歷低，認得的字並不多，但好處是，年紀大了，自己的時間多了。在上課、演出之外的每一天，王金櫻幾乎都坐在小桌前盯著那些手抄劇本，一頁一頁，搭配著手機平板查字典，一字、一句校正謄寫，然後去蕪存菁，「真的不會的字，就圈起來等孩子回家問，但後來有智慧手機可以辨認人聲就更方便，我會對著手機問字。」

不過，王金櫻的事事講究、太頂真的個性，讓她的身體出了狀況。因為經常專注工作到忘了時間，因為長時間埋頭查字、寫字，之前才搞得左眼視網膜出血，「現在我會轉個鬧鐘，每半小時提醒我該休息一下。」

她說，時間過很快，自己轉眼年過七十，「能再為台灣歌仔戲做些事情的時間也沒幾年了，我覺得我像是跟時間在賽跑，就跟那些紙一樣……」來不及感傷，她又開口強調，「可能有人會很怕自己的東西給別人用，我的心態是：要用就都拿去，只要附註一下『這是王金櫻整理出來的』就好了。」

除了在外頭的教學，王金櫻在家裡也對自己的孫女實行嚴格的「訓練」。她說孫女雖然從小跟自己講台語，但上了學後，同學都是說華語，她也習慣了，「每次下課回來，她會對我喊：阿嬤，我很餓。我都說我聽不懂，直到她改用台語跟我說話，我才會理她。」王金櫻很帥氣地說，「華語不用教啦，去學校就會教了，台語才是重要的，台語是真正媠的東西。」

（文／汪宜儒）

王金櫻蒐集與保存的老照片、歌仔和劇本。至今已陸續整理出阿貓姐的排場歌子戲：《殺子婆》、《阿嬤講古早古——蛇郎君》、《露水開花——賣藥仔團的江湖故事》等故事。
攝影：吳家昇

「為什麼不頂真？」

　　在這些資深前輩身上，經常看見的是「頂真」精神，阿貓姐就是代表人物。這些年，不時會在記者會現場遇到阿貓姐，她不見得都是主角，有時，也在演出的後台或排練場遇到她探班好友，讓我驚奇的是，不論何時何地遇見她，她的笑容、衣著、妝容，總是一絲不苟，端莊大方又優雅。這樣的態度與風範，在她的演出，在她面對台語文推廣與教學時亦然。

　　她說戲如人生，人生也如戲，因為生活，她沒有太多求學機會，「但透過戲劇，我學到很多做人處世。」頂真，是她萬年不改的信仰，她說人有慣性，習慣就成自然，就成了身上丟不掉的東西，「邋遢會習慣，頂真也會習慣，那為什麼不頂真？」

台語課

一聲蔭九才，無聲毋免來（Tsit siann ìm káu tsâi, bô siann m̄ bián lâi）：指戲曲演員注重的是音色及唱腔，若沒有好嗓子則根本免談。

貧惰（pîn-tuānn，又唸作pûn-tuānn、pân-tuānn、pān-tuānn）：懶惰、好逸惡勞。

頂真（tíng-tsin）：做事認真，注重細節，一絲不苟。

鄭順聰：
讓女兒也能說父母說的語言

語言流失不是自然發生，絕對和政治和國家政策有關，一定要透過國家、社會、政策挽救回來。

「如果住嘉義，厝邊頭尾都會講，我就不會做（推廣台語）這事。」嘉義民雄長大、落戶台北的作家鄭順聰，堅持要給孩子們講台語的環境，赫然發現自己用全台語表述時變成「臭奶呆」，他決定重新把母語台語學回來，做個新潮「台語人」。

六十五年次的鄭順聰，小時候在學校說台語會被罰，當時全套的政府語言政策和學校體系壓抑台語，他有完整的體驗。上國中時有一次在街上和姑丈聊了起來，不料姑丈說：「阿聰，你台語都袂曉講了。」憶起往事，鄭順聰說：「我這一輩人，國中時是母語流失最快的階段，為應付升學考試，去補習、或被關在學校。要把整課英文背起來，結果英文比台語還好。」

如今是正港「台語人」的鄭順聰，故事要從他當爸爸、打算在

台文作家、廣播人鄭順聰。攝影：裴禎

家為孩子營造母語環境為起點講起。

北上後「失語」，決心打造台語家庭

　　鄭順聰和來自基隆的太太明明在家和父母都說台語，但兩人談戀愛時和時下一般年輕人沒有兩樣，彼此說華語。直到兩個女兒在台北出生，台北的主流環境說華語，小孩開始牙牙學語時，鄭順聰夫妻倆有意識的決定和女兒說台語，將家中語言調成全台語。

　　他很快發現，儘管台語是他的母語，但生活中已經習慣與華語夾雜，要使用純台語表述，必須花一番功夫。除了求教長輩，他同時上網尋求學習工具：網路辭典、社群討論，同時仔細關注生活周遭的台語語境，從電視鄉土劇、歌仔戲、布袋戲、廣播節目，到傳統市場、廟口、計程車等場域聆聽和練習，把台語學回來。

　　「以前觀念認為台語是庄跤人、黑社會、或搬戲的人（戲子）講的話。但對我祖父母輩，那是生活語言，路上行人講的話、講生活事或政治都用台語。而我們這輩人，這部分在學校教育體系裡被取走，語言慢慢流失，有些不會講了、或腔調不正。因為感到欠缺，所以想要補回來。」

　　兩個女兒上學後回到家一開口講華語，他會回「聽無」，引導她們在家只能說台語。長久下來，她們在學校以及跟著「巧虎」學華語發音正確，在家說台語，已能清楚分辨台語、華語二者不同，不會混著講。而學校的台語課程對讀小一和小二的女兒來說已太容易，雙雙更學起海陸腔客語。鄭順聰在臉書放上一段大女兒指導他念客語讀本的影音，可聽見小女兒一旁取笑爸爸的笑聲。孩子學得有興趣，樂當爸爸的客語小老師，也讓我們預見未來的新台客，能

操至少三種在台灣使用的語言。

台語學習現代化

　　鄭順聰隨時隨地推廣台語，看到遠山，隨口挑起討論：「山有兩個發音，山（suann）、山（san），你們知道『泰山』怎麼說嗎？」看到採訪攝影記者姓氏「裴」，一時不確定怎麼唸，立刻上網查教育部台灣閩南語常用詞辭典找答案。他機會教育說：「你學德語，遇到問題，會跑去問德國人嗎？你可能沒那環境，就得翻字典。」他成了熱中的倡議者，鼓勵用現代系統學台語。

　　台灣社會有股復興母語潮流，不論是閩、客、原住民語，越來越多人投入，將以往的不足補回來。鄭順聰投入研究台語現代化，使用字典及現代技術如網路、影音學習工具，推動台語日常化，還歸納出在日常生活中學習台語的方法，出版自我學習工具書《台語好日子》。

　　書中語詞練習以QRcode可連結上雲端聲音檔，鄭順聰親自示範語詞發音。他通常在家工作，拿智慧手機錄音，女兒也不時入「音」。小女兒還不懂爸爸的母語傳承用意，一旁頑皮，聽爸爸說「時間的用詞」，她無厘頭接著說：「時間的哈哈。」她也因為要爸爸趕快結束錄音陪她玩，用哀兵計有氣無力的說：「爸爸，得欲煞猶未（快要結束了沒）？」

　　在陪伴孩子長大過程中，鄭順聰發現欠缺台語教材及講故事的素材，既然自稱「拿筆的人」，下一步他希望可用文學的方式，擴充台語文本，寫故事、詩、散文、小說、廣播劇和戲劇等等。

　　他深知台語文書寫很難一步到位，於是投入廣播工作，在國立

教育廣播電台主持全台語節目「拍破台語顛倒勇」，每集邀請不同來賓，近幾個月來有布袋戲師傅、作家、出版人……等等上節目，用台語聊他們的工作，讓聽眾浸入以台語談論各式各樣不同主題的語境，體會台語的現代性和生活性。

拯救語言，由教育和媒體著手

「語言流失不是自然發生，絕對和政治和國家政策有關，一定要透過國家、社會、政策挽救回來。」講母語運動要從媒體下手，鄭順聰主張應比照客家電視台和原住民族電視台，設立台語電視台，推廣正確標準的台語。

文字的書寫由官方頒訂為主，他提議成立台語委員會，解決用語和拼音等爭議，訂定標準；未來應成立台語學校，學校使用的教科書和老師講課內容，也需要台語委員會來統一。他舉其他國家的例子，在紐西蘭有毛利語學校、法國有布列塔尼語學校，英國威爾斯也是透過教育系統將消失的母語找回來。

北上念研究所後定居台北，現在是台北人的爸爸，鄭順聰說：「台北要成為開放多元的都市，應要包容不同族群，任由大家過自己要過的日子，包括使用各自的語言，不論是台語、原住民語或越南語。」

「有人說台語在民間社會還很強，不必擔心會有危機。但就像人不是一下子變老，而是慢慢老去，語言也是這樣，當你發覺來不及時，就已經太晚了。」

原本專注寫作，讓筆下文字自己說話的鄭順聰，點火推行推廣台語的社會運動。他不是慷慨激昂型的運動者，堅持的理念很單

純：「我的父母這樣講話，我的孩子也可以這樣講。」

（文／羅苑韶）

台語
工具箱

教育部台灣閩南語常用詞辭典：教育部頒訂，可當正字
標記辭典。
萌典：同時可查台語、華語和客語，有助於橫向學習多
種語言。
台文華文線頂辭典：字詞豐富，附帶大量台語資源連
結。
iTaigi愛台語：用華語查詢台語讀法，廣邀使用者貢獻，
推廣新詞與流行語。

台語課

臭奶呆（tshàu-ling-tai/tshàu-ni-tai/tshàu-lin-tai）：**說話口齒不
清，聽起來如孩童般的聲音。**
庄跤（tsng-kha）：**鄉下，指城市以外、偏遠的地方。**

姚榮松：
用正確的字寫想說的話

讓台語廣泛被讀寫是終極理想，我們需要做的就是多查辭典，學習用正確的字寫想說的話。

「台語會講就好了，怎麼寫、用什麼字不是太重要吧！」「寫那些讓人看不懂的字、不曉得怎麼唸的羅馬拼音，才是多此一舉吧？」很抱歉，姚榮松無法認同。

姚榮松是台灣師範大學台灣語文學系退休教授，也是現任教育部台灣閩南語常用詞辭典的總編輯。他說：「如此解讀講台語這件事，或是以此觀念來保存母語，是削足適履。」

對於那些認為只要會講，不一定需看懂台語文的人，姚榮松認為，確實不需太強求，因為他確實已經會講了。「只是，他會講卻不一定懂得如何教下一代，子女可能不會講，也未必看得懂，因為你確實還是不懂這些符號，於是台語的文讀音依然無法傳承授受。」

　　姚榮松覺得，這種會講就好的程度，就像會一點英文就能在國外買點東西吃，「基本的生活溝通可以，但實際上沒什麼大用處。」他說，會有上述如此想法，是因為想簡化並快速達到使用台語的目的，「但語言的功能，應該還包含互動對應，就像被近代語言學界稱為漢語語言學之父的趙元任，年輕時調查語言走訪各地，使用數十種方言，傳統上使用語言來溝通交流是非常自然的事情，這是語言學家的本領，也實踐了文化傳遞與族群交流。」

　　現年七十二歲的姚榮松，早期在鄉下到了八歲才念幼兒園開始接觸國語，在那之前在家都講台語，「我們這一代，是在很自然的語言環境下長大，但現在的孩子沒有這樣的機會了。」即使身為教育部台灣閩南語常用詞辭典總編輯，如今的他，也很少有機會能和孫子用台語對話，因為沒有住在一起。

　　使用台語的能力，非短時間能養成，一旦少用則易流失。若希望保存這個語言，學會看懂台語文字及符號格外重要。姚榮松覺得，「在當代缺乏語言互動的環境裡，堅持用對的語言及選擇使用正確的字，是除了學校教育習得外，另一種保存語言的方式。」

台語文識讀，是對古老聲音的注釋

　　在長期仰賴注音輸入、電腦選字的網路世代，能書寫出正確無誤的國語用字，都漸漸不那麼容易了，更何況是台語文？甚至可能還有人不知道，一直以來，台語都有個非常有系統的「教育部台灣閩南語常用詞辭典」。

　　二○○一至二○○四年間「台灣閩南語常用詞辭典」編輯委員會成立，從台灣閩南語常用三百詞用字計畫著手，由國語推行委員

會聘請專家學者研議用字問題，姚榮松身為編輯委員之一，憑藉漢語音韻學、漢語方言學、詞彙學和閩南語漢字等研究領域的專業，針對用字紛歧的語詞，在尊重傳統習用漢字並兼顧音字系統性下，推薦適用的漢字。

「唐宋時期便已有二、三萬字的字音分韻記載，四個聲調加起來高達兩百零六韻，到了元明時期才開始逐漸簡化。」台語文的博大精深，姚榮松提到有些研究古詩者，吟古詩的唸法就是在傳統私塾裡的文讀音（即書面語），古時候的人唸四書五經、三字經或唐詩等，基本上都唸文讀音，這與白話音唸法並不相同。

「事實上，我們已經有完美的工具了」，姚榮松說，真正會講台語的人，還是那群常常參加台語文競賽或有興趣上台語課的人，他們會朗讀、看得懂閩南語文讀音，「但這依舊不是全面性的語言教育，若只單純會講絕對不夠，因為除了聽說外，台語文或拼音看不懂，仍然無法用眼睛識讀。」

多用辭典，是對塵封心血的回報

西元一八七三年英國長老會牧師杜嘉德Carstairs Douglas所著《廈英大辭典》，該辭典全無漢字都是羅馬拼音，為首部廈門腔白話華英辭典。姚榮松說，這本字典與一九三一年由日本語言學家小川尚義主編、台灣總督府出版的《台日大辭典》齊名，「兩本流傳至今，皆是對現代閩南語辭典影響深遠的歷史巨作。」

《台日大辭典》是日據時期，日本官方為求人民融洽相處、語言相通所作出的對譯工具書，時任台灣總督府學務部勤務的小川尚義，網羅各社會階層用語，從士紳到走卒，從官腔到髒話，這些非

常珍貴重要的資料皆收錄其中。

「由此可見，閩南語有很豐富的文獻語料被記錄下來」，台灣閩南語做為漢語的一個支脈源遠流長，姚榮松解釋，台灣閩南語從四百年前鄭成功進台後開始隨移民混合，漸漸成為島上第一大語言。而廈門在鴉片戰爭後開港，《廈英大辭典》中教會羅馬音翻譯的是廈門話，「由於台灣閩南語與廈門都是泉漳混合，換言之在一百多年前，台南與廈門講的閩南語便已非常接近，雖然時間長短不一，但混出來就成為現在基本上算共通的閩南話。」

一九九一年左右，時任台灣語文學會籌備委員的姚榮松，參與台灣語言音標方案（Taiwan Language Phonetic Alphabet, TLPA）的制定，隨後教育部公告採用TLPA訂定閩南語標準化拼音時，便與有一百五十年歷史的教會羅馬字整合，終成為二〇〇六年的「台灣閩南語羅馬拼音方案」。

「像以前唸『學堂』白話音是o'h-tn̂g，但文讀音『學校』則唸ha'k-hāu，同一個字但唸法不太一樣。」姚榮松說，基本上看不懂台語文但會說台語的人，多是聽得懂白話音較不熟文讀音，或不知道這個字等於哪個字，而《廈英大辭典》具世代傳承意義，「我們在整合時，也一併將舊式符號做統一性的修正。」

「既然本土語言已訂為十二年國教必修課程，最起碼的也應該學得的基礎母語知識，讓下一代懂得拼音看懂字而能閱讀。」在姚榮松的想法裡，全方位的學習，才能夠真正保存語言，「把台語做為國家語言推廣，大家都要學，或許就能維護台語生命一段時間，台語才有機會成為強勢的主流語言。」

長期為台語文熬心血的姚榮松，講起全面性台語文教育的語氣，似有鍥而不捨的指望，「讓媒體、書面語、甚至公文書寫等用

台語，才有辦法保存，只是有可能做到這種程度嗎？」他覺得，國語教學既然推行這麼久，占了許多教學鐘點，「讓出來一點點給母語，多元文化本該如此。」

辭典讓人知其然，更知其所以然

「如果台語只停留在聽說，那看電視就可以了。」姚榮松解釋，看電視雖然可學台語，但仍屬國語對譯，依舊不會寫或看不懂純正的方言漢字，「長久下來，就會產生看國語隨便唸，大概意思就好的台語。」

就像「漚客」這詞：多數人都寫成「奧客」，也看不懂什麼是「漚客」。姚榮松解釋，前者念àu-kheh，一旦被寫成「奧」字，循著音韻字典翻查，就該被念成和「奧運」ò-ūn一樣的「ò」音，而變成ò-kheh了。

「三點水加一個區，『漚』字代表的是東西浸泡很久之後，爛掉的意思。」姚榮松強調，這兩個字發音不同，現在許多台語書寫，用國語同音字直接替代，「此舉會讓閩南語詞彙與國語詞彙造成混淆，長久下來不僅書寫容易錯誤，甚至會造成勘誤上的困難。」

或許有人以為，看不懂「漚客」只知「奧客」也沒什麼關係，還得先了解「漚客」的意義，反而是無關緊要的麻煩事。對此，姚榮松表示，這就顯見在國台雙語環境下，台語相對的弱勢。

「一些新詞彙若源自台語，大眾為了方便傳播而直接採國語音譯替代，久而久之，使用語言者就會不了解，為什麼要用『奧』來說明一個『漚客』，不僅字義上無從理解，寫錯字也習以為常

姚榮松有備而來，細心解說台語詩書的意境。攝影：張皓安

了。」

對漢字的理解，應掌握語言源流的全體大貌，從古音了解，研究語言的來龍去脈，也才有辦法訂定何謂標準正字。姚榮松說，「漢字本身就有標音標義的功能，漢字背後代表著的是方言文學，本該講究其正字標準。」

辭典功能在於提供正確用字時的參考，新聞報導或普羅大眾習慣性的使用「奧客」來形容差勁的客人，正是因為「漚客」不常被使用。因此他建議，如果可以，還是請大家多上「台灣閩南語常用詞辭典」查詢正確用字，使這些正字能廣泛流傳，讓大眾有多一點熟悉正確用字的機會。

「幾十年來由於政府較不重視，於是每個人喜歡亂用自己習慣的字來寫台語。」姚榮松感覺，漢字使用成為一種自創新意漸漸習而不察，用久了又不願棄用，「至少從中文系的角度來看，我並不鼓勵用這些偏僻從俗用字，因為每個漢字都有其緣由，錯用字影響深遠。」

強化讀寫，讓台語文擺脫小眾

探討台灣近三百年蛻變軌跡，閩南語的研究是重要切入點，可惜的是，語言在世代交替過程中，仍難免有所遺失。姚榮松說，雖然這樣的遺失不至於讓語言瞬間消失，但推行國語的結果就是消失的過程，「語言因為不斷混，純正方言愈來愈少，而漸漸留下較主流的方言。」

於是，將各種腔記載保留便成為閩南語辭典的重要任務，更是讓辭典編輯艱辛的主因。現行教育部台語閩南語常用詞辭典中，除

會顯示音讀差異外，部分字詞也會有「方言差」列表，讓人對同一字詞各地唸法上的差異性能一目了然。

姚榮松說，現代辭典不可能再沿用百年前的廈門腔字典，然而這類特殊腔，卻是需要與其他腔放在一起對應比較，「台灣現有的腔若將其消磨，又可能被認為辭典不標準，無法反映在地方言，」於是，辭典也記錄下了閩南語的歷史，卻也讓編輯辭典成為曠日廢時的工程。

現在的教育部台灣閩南語常用詞辭典，以文字表現兩大源流「漢字」與「羅馬字」，分別呈現具代表的文獻「歌仔冊」和「教羅字典」。其間隱隱的交會，象徵兩者相輔相成、相互結合的重要意涵。

「誰也不知道未來的台語會混到什麼，被國語帶到什麼程度，」姚榮松說，無論閩南語之後變成南腔北調，或變成哪種和現在完全不一樣的另類台語，都是很有可能的，「就像新世代難免使用的台語火星文，那是很自然的代溝問題。」

如果缺乏台語文閱讀訓練，或對台語漢字系統不夠了解，姚榮松直言，「當然會覺得這些都是礙眼的東西」，有時以火星文做為溝通無傷大雅，但若成為書面用字，仍希望盡量避免，「不然一個語言難有前景，看不到正規的未來。」多查詢辭典，讓正規用字能廣為流傳，他認為是提升下一代台語文閱讀能力、保持母語能力非常重要的一步。

現在的閩南語常用詞辭典採網路版，目的是節省成本以利於不斷修正，看似方便的背後，其實還有個更現實的主因——「沒有錢，也沒有人可以來做這一塊。」姚榮松說，目前該辭典約有一萬五千條詞目，設定做為母語教學用，然而台灣到目前為止，仍然沒

有一部真正的閩南語大辭典。

　　「辭典是語言保存工作的重要工具，至少大辭典或許能消融掉那些不標準的用字或火星文，」姚榮松感慨地呼籲，政府如果連這塊都沒有考慮規劃，台語教育說穿了，也就只能停留在推廣罷了。

讀首台語詩，聲音與歷史相遇

　　訪問那天上午，年逾古稀的姚榮松，手提肩揹著好幾本厚重的辭典與台語相關詩書來到約定地點，「我不帶這些來，怕你們不清楚我在講什麼。」姚教授講話字正腔圓，沒有參雜口音，聊起台語文有著青年般的滿腔熱血。

　　專業的熱情裡，是對本土方言的愛惜，他從書堆裡找出《詩人四十一蕊花》翻到這篇〈海翁宣言〉，一句一句朗讀著。會唸台語的人，看到這首詩可能多少還是有些看不懂、不太會唸。「我們必須要知道，方言也有文學，而文學能豐富各層面的文化知識」，姚榮松說，正因為現代人漸漸都看不懂了，不會讀了，這些方言文學作品便成為小眾傳播，而傳播不出去。

　　「這些詩集的意象都很好，若看不懂不知道怎麼唸，而無法了解詩的意境與世界觀，是很可惜的一件事。」

（文／魏紜鈴）

台語課

漚（áu）：蔬果腐爛、不新鮮，或已發出臭味，用來形容差勁、卑劣的人事物，例如漚貨、漚客、漚步等。

許沛琳：
小學堂的台語課搶答

讓孩子們多學多說，願意去接受台語。讓他們有興趣、肯學，覺得台語有趣。

　　台北市國小四年級課堂上，許沛琳老師正在本土語言閩南語課堂上教授新課文「著傷」，學習受傷、感冒不舒服等字詞。許沛琳講解前，鼓勵孩子們先猜猜怎麼唸，是否懂這個字詞的意思。全班同學參與很踴躍，不時舉手搶答，有時純亂猜，也都興致勃勃參與。

　　「著傷」課文：「阿同講伊上蓋勇，教室內底練武功，跳來跳去烏白傱，挵著桌仔煞著傷。」沛琳老師講解跑「走」和「傱」的什麼不同，「傱」相對於跑，有「胡亂衝」的意思。「大家有沒有聽過『傱錢』？那是什麼意思呢？」不同猜測紛紛丟出來，有人說「提錢」、「領錢」、還有人說「換錢」，結果有同學說出「籌錢」，老師宣布答案是籌錢、湊錢的意思。

最前線的台語尖兵

許沛琳是台北市二〇一四年第一次公開台語教師甄試四名缺額時，入選的第一批正式台語教師。她在課堂上採互動教學，設計遊戲、分組競賽，也在黑板上放字卡，和學生玩認字遊戲。學生剛剛學會唸的字詞，在寫成漢字之後可又沒把握會認得出呢。

紮個馬尾、笑聲爽朗的許沛琳，不比身邊的小四生高多少，課堂上帶著擴音器上課，不斷激勵學生，活像個啦啦隊隊長。她在雲林長大，在家慣說台語，從小是閩南語文競賽常勝軍。小學參加台語演講和說故事比賽得名，中學持續被老師推出去參賽，高中時拿過全國台語演講比賽第一名。她申請推甄上台中教育大學台灣語文學系，大學時期、甚至當上老師以後都持續參賽，在演講、朗讀、散文創作、唱歌、閩南語字音字形等各種不同競賽組別都拿過名次。

台文系畢業後，許沛琳陸續在台中和新竹的小學教過閩南語，到台北市任教前，原本擔心都市小孩台語程度較差，結果沒想到任教的台北市立大學附小的學生，很多來自新北市、桃園等城市跨區就讀，台語程度沒有想像中的差。

不過，才教四年，她就驚訝發現，每年教到的新生程度往往不如前一年。「比如，明明前一年新生還會講數字，怎麼下一年新生只會一、二、三，後面就不會了。顏色，會講黑色，紅色就不會了。」

「以往大家認定台灣社會說台語的比例相當高，但真是這樣嗎？」許沛琳說：「台語是我的母語，可能也是現在學校很多小朋友的父母的母語，但是如果他們的父母不開口講，只講華語，孩子

的母語成了華語，真的很可惜。」

　　「我就是希望把我們的母語教回來，延續文化。你希望孩子會，就要跟他講；你可能因為環境、工作等因素不講，和小孩相處時間又不夠，沒投入時間，然而只靠學校每星期一節課實在有限。」目前小學必修本土語言課，一節四十分鐘，可選閩南語、客語或原住民語。

自動把第一語言轉成台語

　　台文系畢業之後、等候正式台語教師職開缺之前，許沛琳當過鐘點教師、代課老師，多年來堅持台語教學，一心抱持文化傳承。她面對小學生的務實做法是：要求學生先把課本學好。

國小台語文教師許沛琳。攝影：吳家昇

　　低年級課本著重生活用語：你好、早安、失禮、再會；教學重說、唱和律動。高年級提高難度，學習表達心情、談台灣文化主題如迎媽祖、踅夜市、夜市裡的好吃物仔等主題。高年級生並開始嘗試台語漢字創作，學生會叫「很難」，許沛琳引導他們使用先前學過的字，拼湊成小品文。然後要求他們在家唸給爸媽聽，讓爸媽參與，希望能帶動母語回歸家庭，成為家人自然溝通語言。

　　教育部已公告台灣羅馬拼音為標準閩南語拼音，許沛琳贊成在校教拼音。「就像學英文一樣，如果從頭開始正統的學習，到三年級絕對拼得出apple這個單字。如果每個教台語的老師都像教注音符號一樣，從頭開始教拼音，到了六年級聽寫拼音絕對沒有問題。」

　　她說：「台語文創作時會遇到找不到漢字的情況，可用拼音拼出來。而且要用這套拼音去學其他語言，也有助益，不管什麼音都拼得出來。」

　　不過，閩南語教學因為家長不重視、成績占比不高、非正式教職的支援老師比例高、流動率高等因素，使得教學不一定能銜接及貫徹。為避免讓小朋友有負擔，她不希望要求學生硬記拼音而失去學習興趣，現在先讓學生大量認台語漢字。

　　許沛琳認為現在的家庭和社會環境都不利推廣台語，擔任第一線台語教師，她設定的目標是「讓孩子們多學多說，願意去接受台語。讓他們有興趣、肯學，覺得台語有趣，不要嫌無聊，或說拼音難、漢字難，而拒絕學習。」

　　她鼓勵孩子們用台語和她打招呼和應答，在學生口中，她成了「阿派老師」。校內教職員與她交談，自動把第一語言轉成台語，這也是許沛琳樂見的結果。

　　三十二歲的許沛琳笑著說，曾在捷運上接媽媽打來的電話，很自然的以台語交談。她注意到，周圍所有人一時間都轉頭看她。她想，人們大概是訝異怎麼會有年輕人能說流利台語。這個小故事無言的指出當下社會的事實，年輕人普遍不會說、或會說但不愛說台語。

　　許沛琳語重心長地說：「如果代表文化的母語無法傳承下去，那麼往後台語對孩子們來說，就像客語、原住民語和未來的新住民語一樣，只是本土語言的一種。」許沛琳感慨，要全面營造說台語的環境、提升整體台語文程度，目前很難做到。然而身為台灣推行鄉土教學的參與者，她感受到承先啟後的推動力，必須從發揮自身影響力做起，做個台語尖兵，先讓所有圍繞她身邊的人開口說台語，關心台語文的發展。

（文／羅苑韶）

台語課

烏白傱（oo-pe̍h-tsông）：沒有頭緒而慌亂奔走。
著傷（tio̍h-siong）：受傷。

激發學生台語聽說能力的互動教學，成效顯著。攝影：吳家昇

吳宗信：
講台語的火箭大叔

我今年五十四歲了，做火箭是我的 Final Shot（最後一擊）！

　　邁入中年的吳宗信，身形一點也沒發福。因為年幼營養不良而身材瘦小，瘦削的他像是稻草人身上架著水藍襯衫、黑色休閒褲，縮坐在任教的新竹交通大學機械工程學系研究室裡，寶藍色的辦公椅把整個人都吃了進去。他雖然瘦小，但做的計畫、志向都很遠大，大到他自己都說像是「囡仔人在玩大車。」

　　二〇一五年吳宗信在 TEDxTaipei 的二十分鐘演講影片，全程以台語為主，其間也夾雜英文，內容說的全是五十幾歲中年阿伯的太空夢想，後來五月天〈頑固〉MV 還以他為藍本。當時吳宗信帶領的「前瞻火箭研究中心」（Advanced Rocket Research Center, ARRC）要發展由台灣自主研發製造的運載火箭，那陣子團隊發起群眾募資，吳宗信的任務是到處演講，要為團隊爭取更多曝光，獲得更多資金。

　　TEDxTaipei 邀請演講，台灣講者多半使用華語，吳宗信卻獨樹一格選擇使用台語，幽默又流利的演說反而吸引網友注目，演講影片至今超過十二萬人觀看。提到母語，吳宗信瞬間掙脫了吃掉他身形的座椅，挺直身體、語帶豪氣地說：「我覺得，台語也可以表現很複雜的知識」。

上國小之前，以為台語就是全世界

　　吳宗信出生於台南安南區，上有三個姊姊、兩個哥哥，他是家裡最小的孩子，爸媽都是「青盲牛」，靠種田養大家裡六個孩子，媽媽生他時已經四十歲，幾乎沒有奶水可餵，也買不起牛奶，在最

以台語解說科學知識的吳宗信。攝影：張皓安

需要鈣質的成長過程裡，吳宗信只能喝沒有營養的黑糖水，再不然就是吃到怕的番薯簽，或是把煮得很稀的稀飯當水喝，蛋白質的養分則來自生命力跟台灣人一樣強的吳郭魚。

「小時候最喜歡做水災，魚仔都會跑出來，我就拿網子去撈。」吳宗信做出捕撈的動作，生動地還原兒時生活。那時他還不覺得這樣就是過得貧窮，反倒覺得快樂，在進入國小後才發現平行時空外還有另一個世界，除了生活，就連使用的話語也有天壤之別。

「國小之前我以為台語就是全世界」，小學一年級第一堂課程就讓吳宗信倍感衝擊，那時政策規定在學校「不可說方言」，進入學校就得講國語，一個班級裡有外省人、本省人，原本就會說北京話的同學，優先搶占話語權，上台說話自信滿滿，吳宗信鴨子聽雷，老師講的他全都聽不懂，一開口就支支吾吾，「小時候不會說mandarin（華語，亦即所謂「國語」），不會說話就沒信心，那個感覺就是輸人一大截。」直到小學二年級才開竅。

聽懂國語、領悟到讀冊竅門後，吳宗信每次考試都拿班上第一名，老師對他的態度也隨之轉變，反倒是回到家裡就得切換語系，「在家裡一定要說台語，若是講mandarin，絕對予老爸損死！」

因為在家裡，只有台語才是爸媽認定的國語，這也是他總是用「mandarin」稱呼華語的原因，「我覺得所有語言攏係equal（平等），只是有沒有給它發揮的空間。」吳宗信用台語說這話時充滿自信，早已不是六歲時害怕站上講台的小男孩，他笑說，「要是以前有推甄，我一定考不上台南一中，更不用說台大機械系，口試那關肯定就被刷下來，我是去到美國念書，頭腦才開始改變。」

留學思想翻轉，堅持只說台語

　　吳宗信剛到台北念書的那幾年就像是劉姥姥進大觀園，看什麼事情都新鮮，看事情也都帶著好奇。大四時發生「李文忠事件」學生運動，李文忠因要求普選台大代聯會主席，遭校方予以留校察看處分，最後因為推動普選而被校方退學。當時吳宗信就和幾個同學躲在椰林大道旁邊的杜鵑花叢，偷看李文忠等人絕食抗議，當時吳宗信只覺得：「這群人食飽傷閒，正事不做，專做一些無聊的事」，但也發現社會上有許多事，都跟過去在課本裡所學有些矛盾。

　　一九九〇年他到美國密西根大學攻讀航空工程系博士，那幾年台灣剛解嚴，海外留學生社會運動蓬勃，吳宗信加入台灣同學會、參加讀冊會，廣讀台灣歷史，從彭明敏《自由的滋味》看到史明《台灣人四百年史》，用新的角度看台灣，才驚覺「予人騙二十幾冬去」，於是思想開始翻轉。

　　吳宗信透過剛興起的網際網路，結交許多在美留學以及在台灣念大學的朋友，關心台灣未來發展，在美國還參加台語促進會，「離開台灣才開始看台灣」。那段時間他雖然找回自己的語言，但內心仍然矛盾，因為當時遠在日本留學的女友是外省家庭出身，只會說中文，兩人每次只要講上越洋電話，肯定是講到要摔話筒，「我是去美國才堅持要講台語，以前不知道台語也有文字，可以被記載，因為這件事情我們想法開始不同。」

　　幸好女友長久下來也能理解、尊重並接受吳宗信的想法，也成為現在的老婆，直到現在，夫妻倆仍然是一個人說mandarin，一個人說台語。「很多人會覺得我們很奇怪，但我們溝通百分之百沒問

題。」這同時也是台灣這塊土地的寫照，雖有著多元族群交會，也能彼此相互尊重共同生活。

熱血理工男，推動5%台譯計畫

　　一九九五年吳宗信拿到博士學位回台灣，在國家太空中心擔任副研究員，滿腔熱血的他決定要付諸行動，要為台灣做些事，隔年便和在網路上認識的「網友們」共同發起「5%台譯計畫」，以台語文做為主體寫作，翻譯世界名著，讓台灣人有機會用母語讀冊，會員每個人可以選擇將每月收入的百分之五做為出版基金，或是每天花百分之五的時間翻譯；吳宗信利用午休的時間翻譯，到最後發現付出的時間成本根本超出預期，「那時候都是熱血青年，不自量力。」

　　他共翻譯兩本書，其中一本是夏威夷神話故事《勇敢ê Aukele》，描述一位原住民Aukele發生的冒險故事，「台灣、紐西蘭、夏威夷都使用南島語系，說Aukele的故事，也代表是在講台灣原住民的故事。」為此吳宗信還把筆名取為「TaiBunun」，Tai代表「台灣」，Bunun則是布農族語的「人」，合起來就是「台灣人」。

　　「5%台譯計畫」立意良好，可惜計畫只執行了三年就停，一來是當初希望爸爸媽媽能在睡前唸給小朋友聽，「我們想得太天真了」，九〇年代的台灣社會，夫妻倆賺錢都沒時間了，哪還有心力說床前故事，再加上最後也沒有出版社願意幫他們出書，銷量也不是挺好，出到第十三本不得已只好將計畫喊卡，吳宗信搖搖頭說，「現在想起來，年輕時真是一身憨膽。」

「5%台譯計畫」的出版品。攝影：張皓安

吳宗信的研究室一隅。攝影：張皓安

台語文和火箭的雙軌人生

不過也只有憨膽的人才敢做夢,後來的吳宗信回歸到理工男的領域,陸續做過許多夢,一個夢破碎了他再吹起另一個泡泡,也沒理會周遭人的冷嘲熱諷和看衰,他的夢越做越大,「做火箭是我的Final shot!」

即使5%台譯計畫沒在進行,但只要是和學生開會,吳宗信多半都用台語討論,桌上還擺著《台文通訊》,吳宗信說:「我只是台語文翻譯的一個過客,雖然沒有再做這個計畫,但我很關心,國家一定得用資源去支持台語文的發展!」

說完他隨手翻了《勇敢ê Aukele》其中一頁,再度朗讀起二十多年前寫下的字句。

(文/鄭景雯)

做伙來唸故事

〈**勇敢**ê Aukele〉

踏話頭

「Aukele神話故事」會使講是Hawaii上古老--ê一個民間故事。伊原本是發生tī Tahiti 群島ê神話故事，hō早期ê移民chah過來Hawaii--ê。這個故事主要是teh講一個少年ê Hawaii原住民，án-chóa坐船，去走chhōe新ê島嶼，雖然過程千辛萬苦，上尾仔mā是克服困難，扑敗所有ê敵人，又koh娶著一個誠súi ê尪姨做牽手。

這款故事逐四界攏有，m̄-koh Aukele神話內底有一寡傳說是kan-taⁿ Polynesian人才有--ê，親像講：當Aukele遭受危險ê時，定定teh kā伊警告ê鎮家神明Lono，用鳥毛做--ê，會當保護Aukele koh kā敵人變成火灰ê圍巾；幫助Aukele解救失蹤去ê兄哥kah姪仔ê「性命之水」，提供護身符hō Aukele ê「偉大ê Mo-o阿祖」等等，攏是誠特殊koh趣味。

台語課

青盲牛（tshinn-mî-gû）：文盲。指不識字的人。

李江却台語文教基金會：
台語文是咱的寶貝

台語文是台灣的歷史和文化產物，「用華語認識這塊土地，只能認識一部分」。

　　透過訪問已成立二十年的「李江却台語文教基金會」，試圖直視台語文現階段面臨的困境和挑戰。這才發現自己平時會聽、會說，如家人般親近的台語，能力還很薄弱，文字讀寫則宛如走在陌路般地生疏；長期沉浸於國語教育之下，也只能用國語文邏輯寫出一篇台語文的文章。原來，那困境和挑戰是如此真實地存在著。

李江却與台語文之美

　　李江却女士一九二六年出生於桃園大溪，一九九○年過世後，女兒李秀卿和女婿林晢陽為紀念母親，於一九九七年捐款創設基金會，推動台灣母語復振。目前基金會每月發行《台文通訊BONG

報》，其前身是兩份雜誌，一是推廣台語白話字、台語書寫及台灣語言的《台文通訊》，一是專業台語文學雜誌《台文BONG報》。二〇一二年二月起正式合刊取名《台文通訊BONG報》，題材包括詩、散文、小說、劇本等文學創作，是目前仍持續發行、歷史最為悠久的台語文雜誌。

　　雜誌名稱中的BONG所為何來，不由得令人好奇。執行長陳豐惠耐心解釋，bong在台語第一聲有「摸」的動作語意，第二聲則是「罔」飼，有姑且、將就的意思，第三聲則是沒有目標的「懵」，第五聲是死「亡」或霧「濛」，第七聲則有「墓」仔埔還有「夢」想的文言音。她接著說：「當時雜誌名稱刻意用BONG這個字，其實不刻意局限第幾聲。」因為，這些可以進一步解讀成：請大家來

「李江却台語文教基金會」執行長陳豐惠。攝影：王飛華

「摸」雜誌、勸說講台語的人不要「罔」學，要多關心可能會死「亡」的語言，不要讓台語走入「墓」仔埔。

這麼一個字，其實就解釋了台語文的美麗——每一種聲調都各有所意、各有所思，也是台語八聲發音特色所具有的多元面貌。

不只口傳，還要讀寫，台語sa攏有

聊起台語文歷史，陳豐惠娓娓道出古早的面貌，除了早期文獻、辭典有記錄、保存，現今其實還能從歌仔戲、唸歌等傳統表演藝術中，看到台語文較文言面向的樣貌。但隨著時代轉變，資訊快速流通的網路滲透日常生活，令陳豐惠憂心的是，會講母語的人，如果只有口傳，語言早晚會「斷根」。

語言基本能力包含「聽、說、讀、寫」，但無論是台語、客語還是原住民等本土語言，都面臨到同樣的困境，「我們大多只會聽和說，而不會讀和寫。」陳豐惠點出，長年來本土語言往往沒有好的學習環境和習慣，造成語言不完整性；基金會長年致力推廣台語文，就是希望號召更多人願意一起用台文創作、發表、交流成果，讓台語得以活用、永續流傳。

一九五〇年代，政府推行「國語運動」政策，禁止各學校使用台灣地區的方言，如果講方言被抓到，有的不僅會罰錢，還會要求「掛狗牌」在脖子上，甚至玩起「鬼抓人」遊戲，抓到下一個說方

圖片提供：陳豐惠

言的人才可以把「狗牌」交棒。漸漸地，講方言的人除了面臨歧視的壓力，更誤解成講母語就是粗俗、沒水準的形象，成為被訕笑的對象。這樣的「霸凌」一度造成台語被邊緣化，就現在聽來或許感到不可思議，但其實這樣的風氣在台灣這片土地上，距今不過約幾十年前的往事，就能迅速讓一個主要語言被取代。

隨著解嚴開放，儘管說台語已不會再被處罰，但歷經政府帶頭要求「大家說國語」的社會風氣下，很多人只習慣和家人用母語對話，和家人以外的人往往「不習慣」說，甚至認為「不適合」說，長久以來就被制約，一進入工作場合就會自動切換國語語言。而在陳豐惠眼中，長久以來台語仍進展有限，實際上有些悲觀，「但在悲觀中嘛是愛繼續積極打拚」，陳豐惠打趣說，若目標成功那一天到來，她就能變輕鬆，也就可以不用做了，接著話鋒一轉，「但現在還沒成功，也還沒達到理想的狀況。」

事實上，她和台灣母語聯盟秘書長林佳怡近期在民視製作節目，扮演帶頭作用，用台語討論各種議題，推展到日常對話以外的環境，鼓勵大家使用台語探討公共事務；此外，基金會本身透過教學、講座、舉辦文學獎等方式推廣台語，以較生活化、近民的方式讓台語普及於日常，陸續舉辦「有影講台語」、「台語sa攏有」等活動，囊括各種話題，盼能打破個人習慣和及環境種種限制。

藝文界的動能使語言得以扎根

李江却基金會扮演社會上落實台語教育推廣的角色，但談及學校層面的台語教育，陳豐惠不禁直言：「一個語言在國小課程裡，一星期只有一節課，除了時數少，也沒有相關的環境和制度配合，

這樣一星期一節課的功能是什麼？」同時她提出相對例子，「國文課也可以不要那麼多節，學校以外的環境已充滿華語，應多留些課程時間給本土語言」。

陳豐惠衷心期盼，教育部應提高本土語言教學時數和更加友善的環境，一方面助本土語言免於快速「斷根」，另一方面，她還有更遠大的目標：「提高語言的功能性」，她希望，語言不再是一堂課程所要學習的科目，而是透過不同語言學習其他知識，而就更徹底的功能來看，「語言」和「語言」之間的學習，則是更接近她心中最理想的語言文化教育。

要在教育層面推廣台語，貌似仍有一段蜿蜒的山路要爬，但就近三十年來看，不少影視作品願意融入台語元素，也讓台語成為炙手可熱的創作題材。像是八點檔戲劇的風行，從字正腔圓的瓊瑤系列國語發音，到台語鄉土劇題材，有了明顯轉變；台語流行音樂部分，從禁歌時期的沉寂，到林強、陳明章等人出頭，再到近代的歌后江蕙和電音風格的謝金燕，已經習慣存在生活中的一部分。而就陳豐惠觀察，民間部分有些舞台劇團，也開始有意識地從事台語劇的演出，如「阮劇團」、「金枝演社」等，都能看見台語創作能量逐漸壯大。

對於扮演台語指導和諮詢窗口的李江却基金會而言，常有台語樂團和電影劇組有台語指導需求會前來尋求幫助，陳豐惠坦言，近幾年諮詢有逐漸增加，但增加的同時，也有令她憂心的一面，「因為會講台語的年輕演員不是找不到，就是很少。」這樣的狀況，不一定是劇情對白過於艱深，而是有些演員「連基本的台語都不太會講」。

儘管台語創作漸漸復興，年輕世代的台語能力卻不一定跟上腳

步。陳豐惠以自身經驗為例，她曾在同一間連鎖店中和不同店員接觸，她發現使用台語購物時，中年店員態度往往較為友善，若是二十幾歲的年輕服務員，不是冷冷地回應，就是有「你最好不要用這個語言」的態度，甚至曾遇到店員直接對她說：「請你說國語好嗎？」她認為，年輕人可能是聽不懂，或是職業訓練上不習慣用台語服務客人，甚至連簡單對話也沒把握。「但如果我故意用英語，他們反而會畢恭畢敬地服務客人，或是想辦法找主管幫忙處理，」也似乎不太會向說英語的人要求「請你說中文好嗎？」

二〇一七年世大運網球好手莊吉生以台語發表為台灣拿到金牌的感想，當時有些人佩服，但也有人很困惑他為什麼要用這個語言，陳豐惠提到，她不清楚客語和原住民語的狀況，但她直言：「不管是不是自己的母語，任何語言都要受到平等的尊重和互動。」

李江却台語文教基金會慶祝成立二十週年。圖片提供：陳豐惠

各族群語言是台灣的文化寶庫

談及台語之美，對陳豐惠而言，「聽人講一段台語，若親像在聽唱歌，」其高低交錯的聲調很豐富，是台語的特色，也是她迷人趣味之處。但她接著強調，不是語言美麗才需要保存、使用，而是每一種語言就是一個族群文化的代表，就像生物系統的一環，「沒有語言的話，以後還有這些族群嗎？要怎麼彰顯這個族群？」她說，語言滅亡就代表一個族群滅亡。

「應該說，語言是文化資產，台灣各族群的語言就是我們的文化寶庫，每一種語言都很寶貴，無論是歷史、使用族群、特色都很寶貴，我們都要珍惜。」對於從小就在台語環境生長的陳豐惠，自然對台語有很深的認同和感情，面對台語有可能斷根、失傳、絕種的危險，也讓她的使命感油然而生，盼透過一己之力，想辦法保存、流傳下去。

為了把台語「生湠（繁衍）」下去，李江却基金會二十年來，透過月刊、活動、網路等各種管道打拚，希望讓更多年輕人關心這個語言，陳豐惠說，台語也是寶島上存有的歷史和文化的產物，「我們若是欲更加關心、認同這個所在，這個語言是無法閃避的，用華語認識這塊土地，只能認識一部分。」

二十週年對她來說，是憂心也是展望的一年，未來二十年更是關鍵。陳豐惠直言，如果沒有恢復生機，或是政策面上各方面的改革，「說實在的，可能二、三十年後，台語就會雄雄拍毋見啊（突然不見了）。」甚至半開玩笑著說，屆時台語可能就會變成化石，或甚至是博物館的展覽區了。

（文／江佩凌）

隱身電影幕後的台語文老師——陳豐惠

面對逐年壯大的台語表演能量和漸增的台語諮詢需求，參與多部知名電影發音指導的陳豐惠卻是喜憂參半。

造訪李江却台語文教基金會這天，時間已近冬季黃昏時分，隨著室內溫暖空氣傳送而來的是執行長陳豐惠婉轉又溫柔的台語問候。她笑著拿出寫著「狗來起大厝」的紅色春聯做為見面禮，上頭印出大大的羅馬拼音，讓人可以順著漢羅合寫對照的方式，唸出正確台語發音，彷彿迎接著前來上課的學生。

我確實是個該好好學習台語文的學生，而陳豐惠也確實是不折不扣的台語老師。她先問知不知道自己的名字怎麼唸，一一導正不正確的發音，一旁的攝影同事也暫時放下相機，好奇他名字中的「飛」一直以來有兩種唸法，不知該如何發音。陳豐惠在白板上寫下「飛」的白話音和文言音，她說，名字的發音以文言音hui居多，解開這位同事的多年疑惑。

陳豐惠和李江却基金會的淵源，來自於她某日到書店買書，看見架上的《台文通訊》雜誌，翻閱著少見的漢羅合寫內容，勾起好奇心，一邊用台語讀著唸著，「好像又有讀懂」，因此決定「家己來寫看覓」，進一步投稿參與、接觸到內部人士後，深感台語亟需推廣保存，便接下基金會工作，而這一接，就待了二十年。

除了基金會的工作事務，她還有另一種身分——「台語指導專家」，曾先後參與《KANO》、《大稻埕》及《女朋友。男朋友》等知

名電影的發音指導。

　　會找上她的，大部分是劇情牽涉日本時代的故事和歷史，因為那個年代的一般人都是講日語或台語。即使未涉及日本時代的戲劇或電影，有時導演認為某些角色講台語比較適合，也會尋求正確諮詢和指導。

　　觀眾在一齣戲裡除了在意演員是否投入演出，往往不會特別留意台語發音正確與否。身為幕後台語指導工作的陳豐惠說明，每部戲給演員的指導和需求不盡相同，不一定都要待在片場監督，有時是透過事前錄音或幫演員上課的方式指導，有些劇組也會請她幫忙將劇本改成台語文的語法。

　　就《KANO》和《大稻埕》兩部國片來說，陳豐惠除了事前將台語台詞錄好給演員錄音檔，也會前往片場監督發音，但兩部戲要她赴片場的原因不太一樣，由於《KANO》導演馬志翔不熟悉台語，因此請她確認發音；《大稻埕》則是拍攝台語對白戲份較重時，請她到場幫忙聽。

　　至於《女朋友。男朋友》的導演楊雅喆，則令陳豐惠留下深刻印象。她表示，當時楊雅喆不但要求演員開拍三個月前就先開始學，而且還要求演員學「羅馬字」的正確讀音，但楊雅喆並未要陳豐惠到片場監督，由於主要場景在高雄拍攝，因此就近找當地台語諮詢，雖然一方面楊雅喆聽得懂台語，但為求更好的品質，仍要求少數台詞再進行後製正確錄音，讓陳豐惠力讚楊雅喆：「這樣用心的導演真的不多。」

　　面對台語表演的能量逐年壯大，台語諮詢需求也增加不少，看似好光景，陳豐惠卻是喜憂參半。

　　她回憶，導演鄭文堂二〇一六年在公視拍的《燦爛時光》，其中設定十八歲年輕女生、長相清秀、要會台語，竟一度找不到符合條件的對象，「可能當時他們也沒有管道，或發布管道有限」，但也讓她驚覺，年輕演員中會說台語的比例似乎愈來愈少，「說真的很憂心，一年不如

一年的感覺」。

「演員除了要講得順，還能習慣有台語思考的演出。」陳豐惠依她合作過的經驗觀察到，有些導演會要求演員在開拍前練好台語，甚至要求「用背的也要背起來」。有些會講台語的導演反而不太注重語法或發音，往往是「聽得懂就好」，甚至有些認為中文劇本不需要翻譯，令她汗顏。

基金會已邁入二十週年，陳豐惠被問及三十週年展望時打趣地說：「我應該退休了吧！」接著憂心地說，現在講台語大多是中年以上的長輩，中年以下比例減少很多，若八〇、九〇年代的年輕人不再講台語，下一代又將會更加疏離，可能就會斷掉了。

上了兩個多小時的「台語課」，從微光黃昏聊到濃暗夜空，她不在意聽見錯誤的台語發音提問，反而會耐心指導正確唸法。結束訪談後，她力邀我們造訪幾天後基金會舉辦的二十週年台語讀劇「生淚」活動，我們一起走在熙來攘往的西門町街頭，聊著有關台語文的各種話題，她說她要趕著前往善導寺站附近幫學生上課，走到捷運月台，我們在列車門關上後分開。陳豐惠看來還不像是個想要退休的人，使命感載著她前往下一站，迎向人群、繼續傳承。

王昭華：
佛系的台語文推廣者

她一直都做著差不多的事，像恆星有自己的固定軌道，不斷運行。

「人家說我是佛系的（台語文推廣者），是，我是。我不是傳教士那路數，但至少我活著，從年輕到現在，一直還在。就像一港水，不是蓋大港，但一直咧流，安呢就好了啊。」

電影《大佛普拉斯》二○一七年以五項大獎風光金馬，其中片尾曲〈有無〉奪下「最佳原創電影歌曲」，讓作詞人王昭華的名字悄悄浮上檯面。二○一八年的金曲獎，王昭華再度以〈有無〉入圍「最佳作詞人」，與盧廣仲的〈魚仔〉同以台語文作詞入圍，在總以華語為主旋律的金曲獎中，顯得特別。

王昭華是誰？

在「面冊（臉書）」上，王昭華是這樣自我介紹的：「台語寫

的fb，華語翻譯貼佇回應的第一層樓（若是無人搶頭香）。」

一九七一年出生的王昭華，跟台灣歌仔戲天團明華園同鄉，是屏東潮州人。因為父母都不會說華語，王昭華的台語能力、對台語的使用情感，是從日常養出來的自然。

她在一九九〇年北上淡江大學念中文系夜間部，某一晚，她無意撞見那時剛出道的林強，正意氣風發在學校的迎新活動上高唱〈向前行〉。一首歌，就這樣喚醒了王昭華長年封印體內的台語魂，「我那時很激動，原來台語歌可以這樣！那麼真實，那麼少年氣，那，我好像也可以試試看。」

後來的日子，王昭華開始用台語寫歌，還參加蔣為文創立的台語文社、學習台語白話字，當陳恆嘉開了全台大學先例、在中文系開設台語概論課時，她也成了第一批學生。

而後，參加台語文演講比賽，王昭華拿冠軍；用台語文寫散文，她得了全國大專台文徵文第二名；以台語文寫的歌，也獲全國大專創作歌謠青音獎第四名。大學生的黃金年歲，王昭華恣意盡情地與台語文發生各種關係，也種下了她出社會後，與台語文牽連不斷的緣分。

譬如參與康軒版國小閩南語課本的編寫，替多部電影、紀錄片、出版品擔任台語文翻譯，譬如替台灣文學館、鍾理和文學紀念館的台語文導覽撰稿、翻譯與錄音，也受邀參與台語文相關活動的講座與授課、分享；又譬如，她後來發行了台語專輯《一》，在台灣文學獎獲得「創作類・台語散文金典獎」肯定。

對王昭華來說，台語是日常溫婉的實踐。攝影：董俊志

「假死」狀態的心急如焚

　　她一直都做著差不多的事，像是恆星，有自己的固定軌道，從此不斷運行，直到現在。

　　上述那些，就是她口中所謂「不是蓋大港的水」。那大抵上不太會受注目，是近乎隱身一般的存在。她總笑說自己是「假死」，她說自己不是上街頭的性格，不是會挺身大聲呼籲的那種人，「也不是那種一直給人關懷，講個十遍、二十遍還會繼續的傳教士。」但談起台語文在台灣的消亡現狀，她語速快了、急了。

　　「台灣本來不應該這樣發展啦，台語文的流失、退化真的很嚴重。你相信嗎，我來高雄住了三年，發現多數阿公、阿嬤都已經用華語跟孫子溝通；一群孩子在玩，用台語溝通對話的，我這三年來只聽過兩次，兩次！」她說，在日常使用台語文的情況，已不再是「南部比北部好」的「城鄉差距」狀態，而是「全球化」式的共同消亡。

　　「以前大家都說台語是台灣的強勢語言，怎麼可能不見，但若是我在二十年前告訴你台灣的大學會關一半，你相信嗎？我們現在看的電視電影、大眾娛樂的選擇都是華語，就算孩子跟著阿公阿嬤生活，對話用的是台語，但一轉頭開電視、滑手機，又是華語的世界，我們根本沒有那麼多台語的料給孩子吃啊。」如果說，在王昭華提起「假死」前的語速是慢板，那到了這一刻，她已是急促的快板。

　　王昭華不否認自己對於台語文發展的悲觀，但也不致因此轉身偏離自己原本就在走的軌道，「所以我無法想得太大，還有很多話，我也不會講，譬如積極鼓勵大家來推廣台語，因為這好像也不

會讓人有利潤、賺很多。對我來說，我看到、想到有東西，就用台語文寫出來，人家想看、想了解，就會來。」姜太公釣魚，願者上鉤，推廣台語文，王昭華的方式也是如此順應自然。

自然自然就好

　　自然，似乎是王昭華人生的一種主旋律。這三年，王昭華落腳高雄市區，住在市場旁小巷的美髮店樓上，簡樸的老屋，收拾得潔淨，就像她的模樣，簡單、樸實無華，低調，是自然，不是刻意。

　　雖然〈有無〉接連因金馬、金曲受矚目，倒是沒太牽連原本平靜生活的王昭華。面對這樣的外界肯定，她真是有些不自在，像是穿慣褲裝的小女孩突然換上了小洋裝。她不斷說自己是「青暝雞啄著蟲」，話一出口，又怕被人誤解成太過好運或太驕傲，直擺手說這不要寫，寫感謝就好，謙虛到一種很忸怩的境界。

　　王昭華深知自己擅寫散文，大筆一揮，要幾篇都不是問題，但面對作詞，實際上沒那麼專業。她盛讚起武雄老師就是很專業的作詞人，長期用作品去影響了那麼大又那麼廣的層面。

　　「我喔，就是對生活有什麼感覺或觀察就寫，就很像冰箱有什麼就煮什麼，無菜單料理啦。」她對自己寫歌詞狀態的形容很妙，「那比較像是起乩，去牽亡魂或等著被神降駕附身，要有通才有，不然就沒有。」

　　本來，台語文對王昭華而言就是「蓋自然」的存在，「因為我講這種話，所以我就寫這種話，我很愜意。要讓我寫別的，可能就沒那麼滿足。而且，這是我父母的語言，我想了解啊。」不過，如同她在〈有無〉歌詞裡寫的「人生無定著／世事歹按算」，屬於王

昭華的「chance」，確實出現了。

（文／汪宜儒）

台語課

假死（ké-sí）：裝死；或形容假裝糊塗。
青盲雞啄著蟲（Tshenn-mê ke tok tiỏh thâng）：指運氣好，誤打誤撞。
佮意（kah-ì）：指中意、喜歡，合乎心意。
按算（àn-sǹg）：打算；事先籌畫，預做準備。
歕風（pûn-hong）：指吹氣，引申形容小孩成長快速如吹氣般。

周盈成：
用台語寫世界，伊想的佮你無全

語言障礙常存於自我設限，認為自己要會，又認為自己不行。台灣人最會找藉口不做的事，就是學台語了。

台語報新聞應該是「正常」的事

土生土長天龍國人，周盈成是講國語長大的，有記者資歷的他，以專欄作家身分用台語文寫國際新聞達兩年多。嚴格而論，他的台語能力不算傑出，自稱僅中學生程度，對台語既沒有太多感情依戀，也不見懷舊風格。

不過，他想藉由台語國際新聞的高度，實踐語言正常化，打破社會單語主義的框架，種種對台語文的觀念和堅持，卻是多數台灣人未曾觸及的思維。

「為什麼國際新聞就一定要用華語？當然不是！」

周盈成在「世界台～Sè-kài Tâi」撰寫的國際新聞短文，以教

育部公布的台語標準用字撰寫，許多字詞有台語常用詞辭典超連結，還有聲音檔可聽，認得中文、略通台語的人至少能看懂八九成，看國際新聞也能兼學台語文，「世界台～Sè-kài Tâi」可謂為當今媒體中唯一規律性出現的台文新聞台。

　　撰寫國際新聞是周盈成的興趣與專業，儘管投入世界台這個計畫，卻不曾抱著復振台語的想法，專欄重點放在國際新聞評論觀點上。時間久了，驚訝的發現竟有不少人無法接受推廣台語文的做法，「三不五時就會有人留言來罵，說這是福佬沙文主義。」莫名指控反而促使他的思維更加清晰，確立對執行「語言正常化」的核心價值──新聞可用華語或英語來寫，其實也可以用台語文來寫，這是讓語言正常化的方式之一。

　　「許多評論台語如何的人，其實自己根本不會講，更不會寫，

用台語寫新聞的周盈成。攝影：吳家昇

卻來質疑為什麼要用台語文寫新聞。」教育部台語文標準用字是一套由專家學者討論建立的標準，周盈成認為，那是非常方便好用的工具，而他也只是把原本用華語書寫的工作，改以台語文執行。

台語不算精通的周盈成，邊學邊問邊查邊寫，用台語文寫國際新聞；也因為罕見，他常被視為台語文專家。「以我這種程度的台語就被視為專家，那現在人人都可稱為是華文專家了。」他謙稱自己用台語文寫國際新聞仍像是中學生寫華語的程度，不能稱為專業，只是對台語文流通的實踐罷了。

台語流通較原民語有利之處，在於和華語漢字可通。政府已將台語文書寫標準化，周盈成說，若能盡量讓台語文在任何領域適時呈現表達，「那台語便不再僅是描述鄉土傳統或古老之事，而能是有高度的呈現，再加上深入的國際觀點，台語文新聞可以比華語新聞看見更多視野。」

「沒有什麼比現在全台灣人說華語更不自然的事了。」

如今大家都講華語很正常，哪裡不正常？但周盈成強調，現在華語所以做為流通語言，其實是「非常不正常」、「不自然」造成，「這是國民黨幾十年來，從小學教育中灌輸而成的結果。」

「沒有什麼比這個更不自然，因為這是非常奇怪的成長過程。更可怕的是，當年那個被稱為文化災難的國語運動，至今仍潛移默化持續著。」周盈成提到，隨華語霸權相伴而來的「單語主義」更難去除，多數人會希望使用共同的語言，能很快達成溝通目標，他要反問，「為什麼只能用同一個語言呢？」

語言是能力，不是標籤

　　早期客庄與河洛庄交界，彼此多少常能講著對方的語言，還有客家話的四縣腔跟海陸腔也能混出了四海腔。不同語言間的溝通交流應該極其自然，如今又為何會自我框限，甚至無法對能講本土語言感到驕傲？周盈成說，因為過去觀念是如此教導的：「這樣是沙文主義、是地域主義、是本位主義。」長期在華語教育範疇下成長的台灣人們，因此被限縮了對本土語言該有的想像。

　　要打破深根頑強的單語主義，他認為必須讓本土語言在華語霸權間爭取空間，「生活中對話中多講台語或客語，三句學兩句，下一次我也就會講。」這種情境不該存有族群間的質疑問難，而應讓會講台語就像擁有繪畫技能、寫程式架網站一樣，能深感自豪。

　　「對外介紹台灣本土語言，我們會說是台語，實際流通卻是華語。究竟什麼才是台灣代表性的本土語言？」

　　談及台灣認同便相對於中國，因為語言相似，台灣要強調與中國有什麼不同，很難。有人說，現在許多台灣人受中國影響，聽到公眾人物講話有捲舌音就不爽。周盈成坦言，「本來我們講的，就是差別很小的同一個語言。」但他不認為「華語」會是台灣人所認同的本土語言，因為那只是多數人從小被教導、妥協而成為習慣的溝通工具。

　　周盈成說，「當中國對台威脅愈大，台灣愈不想被認為是中國人，對台語的情感反能升溫。」若能讓台語文走出過去成為前進的思索，便又可在每回巷弄閒談或新聞傳揚間，建立強而有力的台灣認同。

　　「若問一個客家人會不會講台語，像是越了界的提問，這是一

種迷思。」

「語言是能力，不該是族群的標籤。」

當有人問「會不會日語？」少有人答，「我又不是日本人。」但有人問「會不會客語？」常有人答，「我又不是客家人。」語言本是種技能，應多接觸學習，怎成了界線分明的實體？台灣人如此介意「語言族群界線」其來有自。

比現狀好一點就是進步

五〇年代以降，國民政府在台推行國語運動，校園教室隨處可見「我要說國語不說方言」標語，台灣本土語言被切成散散落落，學校裡不對等的族群教育成了難以越界的割裂，華語成為唯一被允許讓台灣人從一地碎片裡站起來跨族群使用的語言，成為不被挑戰的霸權。

「要消滅一個民族，首先瓦解它的文化；要瓦解它的文化，首先先消滅承載它的語言；要消滅這種語言，首先從他們的學校裡下手。」周盈成引述德國納粹領袖希特勒的這段傳說，稱那就是台灣過去幾十年正在發生的事。

周盈成接續上述那段話，「何以除根，稱之沙文。」如今華語霸權幾乎快把台語都滅了，竟然還要稱台語為沙文？「這招還真的有用，因為即使是台派，在近三十年來仍舊是會害怕自己被指為台語沙文。」

他說，如果「A族群對B族群講A語言是一種冒犯」的意識形態根植台灣，即使解嚴、國民黨下台了，獲得自由的台灣人竟成了不知飛的鳥，縱然情感汨汨卻自我設限。

　　台語向華語爭取空間這件事，周盈成鼓勵著，「多講一點就是往前邁進，比現狀好一點就是進步。」該為自己擁有「會說台語」能力感到驕傲，因為多會一種語言就是多一種能力。

　　如今台語文認同感升高，溝通能力卻下降，周盈成觀察，認同與能力兩者仍在拔河，「每人若能不限族群在華語以外多講些本土語言，只要溝通能力提高自然擁有選擇權。屆時人們的視野，就不再是深陷獨尊華語意識形態中的當下社會可以想像。」

　　「仔細想一下：你曾花過一天的時間，系統性學習台語嗎？」

　　「現在很多人在學英語或韓語，卻不會說台語，這不是很奇怪嗎？」無論從文化感情、字音轉譯檢視，台語和華語的關係，比起日英語與華語都親密太多，「那是我們的阿公阿嬤正在講的語言哪。」

　　當然，每個人沒有義務要學會台語，只不過台語在台灣社會聽到的機會可能比英語還多，若拿出學英語和韓語1%的力氣學台語，並不困難。周盈成想問，「自稱學不會台語的人，有沒有真的系統性的學過一天台語？」

　　「我們對語言的障礙常存在自我設限的想像，一方面認為自己要會，卻又認為自己不行。台灣人最會找藉口不做的事，就是學台語了。」有著恨鐵不成鋼的心境，周盈成仍說，「機會是創造出來的。只是這句聽在學外語者耳裡分外勵志，拿來鼓勵眾人多講台語便顯生疏。」原來語言歧視並非想像，而是深不見底的事實。

　　「有講語言的權利，不一定低於聽懂的權利。」

　　可惜說台語的環境正逐漸減少，周盈成認為，規定弱勢語言僅限於私領域，正是消滅語言的處方，一旦限縮台語使用空間只能在家使用，「回家是能講多少話？」要讓本語復振，就該思考如何增

加弱勢的本土語言流傳空間。

　　限制一個政治場域只能講國語，便顯見弱勢語言的高低印象，「若說這不是語言的階級歧視，那是什麼呢？」周盈成再問，講這語言較俗或是華語得寫正字，其他台語文隨便用火星文就好，「若這非歧視，用個名詞來稱呼，那會是什麼？」

　　為了要讓多數聽懂，華語被做為主要流通語言，周盈成覺得這正是在複製「只有華語才能傳播」、「只有華語才能表達思想」的思想，更是在一步步協助建立華語的霸權。

　　「當然不該責備任何人有此想法，因為每個人都有其目標執行的必要，」只不過闡述一件事情讓對方知道，希望對方聽懂，「某種程度也是在符合本我利益」。周盈成指出，為了自身語言權利犧牲不被聽懂的利益，確實需要勇氣。但能在公共場合九成使用華語情況下，增加一點台語使用機會，「不怕有人聽不懂或不開心，而放棄自己的語言，更是種價值觀取捨。」

　　細細探究，原來那些是早被時光遺忘的統治傷痕，猶未全醒，周盈成用台語文新聞擂鼓篩鑼，喚醒了我們對習焉不察的語言發展，警醒我們該有跳脫框架的思辨，讓台語文從邊緣回到中心，得到改變現狀的權力。

　　周盈成因為在意本土語言，所以藉台語文新聞讓語言正常化的精神延伸，堅持這個精神足以撼動台灣的未來。台語復振是方沃土，若人人踏足深入，相信不久便可開出繁花盛果，怎是一樁難事！

（文／魏紜鈴）

台語課

無仝（bô kāng，又唸作bô kâng）：不同、不一樣。

呂東熹：
打造道地台語放送頻道

籌錢催生台語節目，堅守語文一致的台文字幕，母語不是工具，
而是呂東熹無法割捨的家人。

> 「啊⋯⋯歹勢啦，阮就預算不夠，若無節目做袂落去⋯
> ⋯。」
> 「無，恁會當出偌濟？（不然你們可以出多少）」
> （呂東熹轉述製作人之一許雅文勉強跟對方說了一個價錢）
> 「⋯⋯好啦！好啦，老師講，恁做台語節目真辛苦。」

　　和錢奮鬥，是電視台製作人難以擺脫的宿命。也因為如此，儘
管呂東熹在新聞圈是知名的資深記者，這樣子的「賢拜」為了手上
台語節目，仍願意放下身段、彎下腰桿，在一通又一通的電話中爭
取更多資源，邀請來賓為節目宣傳。

　　二〇一八年《搬戲‧人生》展開第二季節目錄影，仍然由新聞

部編列預算挹注，額度雖然不高，但在另兩位製作人許雅文與余榮宗帶領下，讓節目有了新一季的生命。

不過，交通費、車馬費、出席費還是讓製作人許雅文、余榮宗很頭痛。光是記者會邀請國寶大師或歌仔戲班來宣傳，就讓呂東熹十分汗顏，小聲地說：「欸，他們一團出去，沒有十幾、二十萬，怎麼請得出來，我們才給人家多少……真的請一個演員都不夠了。」值得欣慰的是，在許雅文、余榮宗一一打電話之下，來賓們有著推廣台語的人情味、對台語的熱愛，幾乎都能諒解、通融。

為專訪整理出十五頁簡報

呂東熹現年六十歲，曾任公視新聞部台語新聞製作人，目前是公視台語台代理台長。在他之前，公視還沒有台語新聞，「公視暗時新聞」從二〇〇八年三月三日開播，當晚專訪前總統陳水扁，留下歷史性一刻，至今已邁入第十一年。

約三、四年前，呂東熹除了原來的公視《台語新聞》（中晝新聞、暗時新聞）之外，更進一步製作台語節目小單元，剛起步時，他籌畫用新聞時事融合台語諺語的《看世事　講台語》，接著推出訪問各領域工藝師傅的《技藝101》，之後製作聚焦台灣二十四節氣的《節氣好生活》，再到二〇一七年的《搬戲‧人生》（第一季）、二〇一八年的《頂真人物》（由社發預算挹注），不僅堅持使用「全漢字台文字幕」，更用最到味的台語內容，呈現充滿故事與人味的深度人物訪談。

採訪這天，我們和呂東熹約在公視，他穿著黑皮衣，戴著台語叫「打鳥帽仔」的打扮迎接我們，為我們點了兩杯熱拿鐵，手裡拿

著他一早整理出來的十五頁PPT文件，明顯看得出有備而來，面對我這個小學妹前來採訪，他並未嚴苛以待，反而是耐心回答，一一解開記者的疑惑。

台灣第一個午間整點台語新聞

時光拉回十年前，談及當時催生台語新聞的困難，呂東熹不諱言「狀況很多」，起初新聞只能從外面找人配音，後來才從高雄調來不少人，開始訓練記者配音、當主播，呂東熹並不介意不同地區的腔調，只要求不要唸錯就好。

不過從觀眾角度來看，收看台語新聞時，無論是台語流暢的長

呂東熹是公視台語台的催生者。攝影：謝佳璋

輩或聽得懂台語的年輕人，依然經常還是有「聽不太懂」的疑惑，呂東熹坦言「這是我們的困境」。他點出，大部分的台語新聞因時效壓力，多從華語直接轉譯而來，若是未受過專業訓練的記者來配音播報，聽起來就會「卡卡的」。

他舉例，中餐的台語是「中晝」（tiong-tàu），記者往往會直翻成tiong-tshan，就容易讓民眾「聽無」，但顧慮記者趕新聞的壓力，呂東熹會選擇在副控室一邊聽、一邊記下來，力求事後配音修正彌補。

其實從華語直譯成台語的尷尬感，最明顯且著名的例子，就是前高雄市長陳菊致詞時，把「巨蛋」唸讀成「大粒卵」（tuā-liàp-nn̄g），當時令不少人捧腹大笑。呂東熹說，那陣子巨蛋的台語發音每家電視台唸得都不同，他自己則特別請教專家老師，由於卵不等於蛋，若從「皮蛋」（phî-tàn）來解讀，「巨蛋」就應該唸成kū-tàn；不過，從另一個面向來看，呂東熹猶記約二十幾年前，《聯合報》曾使用台語詞彙「強強滾」來形容氣氛熱鬧，雖然是從發音直譯書寫，但意思好懂，如今也被傳播媒體廣泛運用。

堅持使用正確的台文字幕

製作台語新聞已是不小重擔，之後再投入製作台語節目的原因，呂東熹直言，新聞部就像中央廚房，所有記者的報導都是講華語、寫華語，再翻成台語，「但這不是台語」；因此，他著手製作節目，請來外面的企畫，規畫出一個全然道地的台語節目。

不過在節目內容之外，竟因「字幕」引起不少問題。呂東熹憶及，最初使用台羅混合字幕或中文系統字幕，卻被很多台語人士或

民眾打到電視台抗議，不是反映拼音用錯，就是抱怨看不懂。後來，呂東熹認為字幕應定調為「說出什麼話，就寫什麼字」。

　　因此，到了二〇一七年的《搬戲・人生》，呂東熹決定依照教育部台灣閩南語常用詞辭典選字，做到「語、言結合」、「語、文一致」的台文字幕，若遇上教育部沒有的字，便會請教台語文專家的建議，使用正確台文字幕。

　　「既然要做字幕，那為什麼不用正確的台語文字幕，他講出來

《搬戲・人生》節目錄製現場。攝影：謝佳璋

就是台語啊」。呂東熹知道，就算台文漢字因電腦顯示等問題不好執行，但他堅持，既然台文有這些歷史背景、語言系統和現存資源，硬著頭皮也要做出來。

他強調，早在明朝即已出現閩南語文字，當時在《荔鏡記》（歌仔戲《陳三五娘》原始劇本）就有使用，「台語文字並非憑空跑出來，而是早就有了」，因此到了二〇一八年《頂真人物》和第二季《搬戲・人生》，仍繼續沿用台文漢字字幕，他說：「不懂台語的，剛開始會很吃力，但只要學了就會了。」

矛盾的是，綜觀電視收視率排行榜，台語八點檔連續劇往往居高不下、傲視各台，問及為何台語的使用度遲遲無法達到廣而深的普及，呂東熹觀察，收看台語連續劇的觀眾基本上年紀偏大，那便是世代的差距。

除此之外，在收視率背後，還有個環節十分弔詭。

呂東熹說，從收視率調查來看，前五名中至少有二名是台語八點檔，但收視率再怎麼高，廣告價格行情總是無法高於國語節目。他一邊舉例、一邊分析地說：「我很納悶啊，但這是長期以來整個傳播環境的問題。」在他看來，除了廣告界普遍認為高齡觀眾沒有消費能力，一部分也是因國語政策影響下的刻板印象，所造成的結果。

催生台語電視台之夢

呂東熹來自雲林口湖鄉的海邊，很年輕就到外縣市念書，在沒跟家人、長輩們住的情況下，他坦承：「其實我台語是退步的，應該說，沒有進步。」

他回憶，自黃俊雄布袋戲風潮之後，政府就更強烈禁止使用台語，國語政策下，小學時不僅被罰過錢，還被體罰舉椅子，聊起童年他笑笑說「彼陣還是囡仔，被罰也不覺得怎麼樣」；但諷刺地是，長大後他想起教他們國語的老師，卻是個廣東人，「他教我們講標準國語，但他的廣東國語我們也聽不懂啊。」

然而那個年代，很多和呂東熹一樣北上求學的人，都無法避免「台灣國語」的發音。

呂東熹大學進入世新廣播電視科，必須要學正音、練習字正腔圓，他憶及第一堂課是中廣來的老師，要求全班每個學生唸一遍中華民國國歌來測驗國語標準程度，不標準的人當然就被「特別關心」，而呂東熹就是被鎖定的對象之一。

「每堂課老師一走進來，第一句話就是呂東熹上台，我必須唸出課前先預備好的兩百字文章，還要把翹舌音標出來。我每次唸，台下都會笑成一團。」

廣播電視科念了一年，呂東熹也被要求唸了一年標準國語，他以高分成績轉念編輯採訪科，目標放眼畢業能進入報社工作。幾十年過去了，從小記者到副總編輯，再轉公視新聞部製作人，呂東熹還攻讀師大台文所博士班。他說，如果他是台語老師，他一定會先教羅馬拼音的台語發音系統，「羅馬拼音學母語是最快的，很多台語文字是漢字無法發音，學了羅馬拼音，馬上就可以唸出正確的發音。」

呂東熹致力推動的公視台語台已成立，他希望，政府在支持語言平權的態度下，未來若國家語言法通過或公共媒體法通過，能讓台語節目的經費、資源比以往更多。

在呂東熹眼中，台語像是家人般的互動，「能把一個民族的智

慧、情感、生活，表達得更精確，讓更深層的感情凸顯出來。」他認為，台語不僅要與時俱進，也要與母語並行生活著，同時透過節目記錄著台語的各種深邃美麗。這份無法割捨的情感，催促著呂東熹繼續走上傳承母語並發揚光大的道路。

（文／江佩凌）

邵大倫：
台語 DJ，Mix 不同語言的 DNA

他用台語口才激撞出流行的火花，把黃昏中的黃昏產業話出新意。

　　你有多久沒聽廣播？而說起台語廣播節目，是否會想成「賣藥的」或是哪個地下電台？但從二〇一七年開始，台語廣播有了新的局面。

　　台語電台廣播DJ邵大倫，用年輕活潑的台語口吻主持節目，創下廣播金鐘史上首次以台語主持奪下「流行音樂節目主持人獎」紀錄，頒獎典禮那一夜，他如受寵若驚的小男孩走上台，激動地用台語發表得獎感言，大聲感謝評審對台語廣播的疼惜，緊抓獎座的邵大倫，拚的就是要為台語廣播掙口氣。

　　「這對於台語廣播是跨出很大的一步，我代表的不是我自己，而是代表整個台語廣播向外踏出那一步的人物，我必須為台語說些什麼。」

　　打敗呼聲高的黃子佼、馬世芳，邵大倫在台上一一感謝其他入圍前輩過去對他的提攜，並哽咽直言：「我原本一句台語都不會說，今天能夠得到這個獎，感覺很複雜。」而身兼台語DJ和歌手，同時朝所有人喊話：「毋管你的母語是台語，抑是客語、原住民語，咱攏毋通放棄。」鼓勵大家給他勇敢說下去。

新鮮的主持風格：mix

　　聽邵大倫講台語是一種享受，他的節目儘管有著活潑風趣、帶點無厘頭的談話，但不減針對台語歌曲詳細的介紹與訪談，中間穿

邵大倫在台語電台「寶島聯播網」工作超過十年，二〇一〇年參加歌唱選秀節目《超級紅人榜》走紅，成為節目首位連過十九關的選手，發行過五張台語專輯，入圍第二十四屆、二十五屆金曲獎最佳台語男歌手。攝影：裴禛

插一些綜藝梗，時下年輕人愛講的「傻眼貓咪」、「斜槓人生」，或其他網路語言，他都能跟上話題，也就成為他的個人特色。

　　邵大倫有感而發地說：「若是永遠在用台語講歷史，不如用台語來講一些新的東西和概念。」因此，他還會向聽眾用台語趣味介紹鄉民文化和各種新奇的網路語言，除了放台語歌，也會放華語歌、西洋歌、獨立音樂或阿卡貝拉（a cappella）的音樂作品，介紹「披頭四」時，更打趣形容成「崁頭崁面的四个人」，總讓聽眾會心一笑。他說，不希望台語常和非流行、傳統歌謠或是歷史回顧有關，而是透過語言跟現代社會有更不一樣的角度接軌。

　　不過，邵大倫主持自己的節目不盡然使用全台語，偶爾還是會

邵大倫（前排左）每年主持台灣月琴民謠祭。圖片提供：邵大倫

用到中文，面對有人曾質問他，為什麼要講華語？他不解地說：「為什麼不能講華語？這就是我啊，我吸收到的東西就是這邊一點、那邊一點，到最後混合變成屬於我的自然語言。」

「語言就是要變化，有新的東西才叫語言，不用的東西就叫考古。」

冷不防地，邵大倫突然說道：「放一個瓦斯爐，上面要點火，就叫做現火。」一夥人還沒意識到講這句話的原因，邵大倫趕緊補充，「就是代表你Hen會（很會）」，眾人瞬間露出笑容，他講完自己也苦笑了一下，接著又說，其實這種梗就是語言延伸出來的東西，但是很有趣啊！這代表華語和台語的DNA開始連結；同樣地，客語和台語、原住民語和種種語言也都可以連結，「可以put together 然後 mix！」

無腔台語全靠後天惡補

邵大倫其實是台北市區長大的「東區小孩」，笑說小時候走在路上就常遇到演員。然而，小學三年級從板橋搬到台北市後，原本還會講台語甚至客語的他，卻喪失使用台語的環境與機會，並形容：「一年就可以讓你喪失語言。」直到二十八歲，他才因工作關係開始重新接觸台語。

在邵大倫眼中，他的父母都是十足的「老台北人」，媽媽是萬華人、爸爸是大稻埕人，不過家人只會在家對長輩講「台北腔」的台語，如今隨著各地人口湧入市區、語言融合，台北腔也就慢慢失傳，而邵大倫「後天學習」的台語，也就混著各種發音，他自嘲笑說，現在的腔調是「完全沒有腔」，並認為這相當可惜。

　　二〇〇八年邵大倫進台語電台上班，但起初竟因台語不好無法當主持人，被安排先擔任播報華語新聞的播音員，邵大倫憶及，在同事間台語程度最差的他，還被長官請來上課的老師獲贈一本厚厚的台語字典，叫他要每天認真讀。

　　長期在充滿台語的環境下學習，邵大倫進步快速，憶及早期主持節目時，他發現那時要找「年輕一點的台語歌」都找不到，如今越來越多新生代音樂人投入台語音樂創作，身為DJ的他相當樂見，「有越來越多年輕人出來唱台語歌，這是尚好的事情；更美好的是，若是有一天，台灣有一半音樂市場都在聽台語歌，可以跟華語音樂分庭抗禮，不是很好嗎？」

　　許多年輕人願意大聲唱自創台語歌曲，在邵大倫看來，這一份能量是來自於「認同」。他說，現在的年輕人對於是否被國際認同會感到惶恐，因此大家都很拚命找尋自我認同感。「在國際機場，香港人會講普通話、北京人講北京話，只有講台語時，咱就是台灣人。」

支持教育部台語標準用字

　　邵大倫對台語歌有很多了解和研究，從傳統老歌到獨立音樂都有涉獵，前幾年更重返校園，到師範大學就讀「流行音樂產業碩士專班」，同時研修台文課程。然而他接觸台文系後，卻有很大的感觸。他發現，學生們在聽、讀、寫方面都沒問題，反而用台語對話卻沒辦法很流暢。

　　談及台文書寫技巧，邵大倫坦言，除了羅馬拼音比較生疏，台語漢字書寫沒什麼問題，而意外的收穫是，他因流行音樂產業課

程，認識了曾以專輯《我身騎白馬》獲第五十屆葛萊美獎提名的蘇通達老師，知道邵大倫對台語有興趣，蘇通達便邀請他幫學生校字，也邀他擔任台語專輯的校對工作，全力支持他使用教育部台語標準用字，甚至參與台語專輯的歌詞創作。

邵大倫其實曾幫不少台語歌手寫歌，但面對台文書寫有幾派主張和說法，邵大倫身為台文工作者，也有著個人的見解：「既然政府有標準字，為什麼不要用教育部所編定的這套，讓它廣為流傳？」

他堅持，這些經由專家學者投入心力的寫法，就應該正確依照這樣寫法，因為他發現，許多台語歌詞總是使用錯誤的字，例如常見遊玩的寫法是「七桃」，但正確應寫作「迌迌」；稱讚別人漂亮的「水」，台語正字則是「媠」。因此他自己的個人專輯，邵大倫都會自行校字，甚至從第四張專輯開始，會特別請台語教授幫忙校對，顯見對於台語文的謹慎重視。

邵大倫後來還受邀擔任金曲獎評審，也讓他對於下一張台語專輯的品質要求更嚴謹，不敢貿然出手，「我希望下一次發片是不留遺憾，寧可慢慢做，好過一年內做十首歌。」

得獎後確立未來道路

對於二〇一八年再度入圍第五十三屆廣播金鐘流行音樂節目主持人，邵大倫坦言，第一次入圍是驚喜又驚嚇，二度入圍則感覺「很安心」，知道自己實力並非偶然，特別有「入圍就是得獎的感覺」，但他也一句話點出台語廣播節目困境：「台語廣播是黃昏中的黃昏產業。」

　　邵大倫語重心長地說，對他而言，做台語廣播是要緊抓著不要失傳，沒想到竟能拿到流行音樂節目主持人獎的肯定，他認為，評審可能除了對台語廣播的鼓勵，還希望能吸引更多年輕人加入這個產業，因此他自認二〇一七年能拿獎是「搭台語的順風車」。

　　在他眼中，台語歌的流行程度還沒到他認知上的那種普及狀態，也坦言現階段台語歌和華語歌在普遍性上仍存有很大的落差；

與陳明章合影。圖片提供：邵大倫

然而，他為何可以拿獎，則是他不斷自我思考的問題。

　　被問到得獎後這一年來，他身上是否發生什麼改變，邵大倫想了想，正色回答：「當初走上這條路如今有了肯定，除了對過去十年的自己有了交代，我也更確立未來發展的想法，應該是以台語當做基礎。」

　　但邵大倫深知，要吸引年輕人聽台語廣播沒那麼容易，可是他希望更多聽眾能更加關注母語，「或許沒那麼簡單，但我覺得若能藉由獎項發揮到拋磚引玉的作用，喚起自己對於母語的重視，那就真的很值得。」

（文／江佩凌）

台語課

崁頭崁面（khàm-thâu-khám-bin）：頭臉被覆蓋住，形容人呆頭呆腦、不知死活。

文 學 叢 書 610

INK PUBLISHING 做伙走台步——疼入心肝的24堂台語課

統籌策畫	張瑞昌
作 者	中央社「文化＋」採訪團隊
	王思捷、江佩凌、汪宜儒、羅苑韶、鄭景雯、魏紜鈴（依姓氏筆劃排序）
責任編輯	田瑞華
文稿編輯	胡琬瑜 韓菁珊 劉政權

總 編 輯	初安民
台語文顧問	林承謨
責任編輯	陳健瑜
美術編輯	黃昶憲

發 行 人	張書銘
出 版	INK 印刻文學生活雜誌出版股份有限公司
	新北市中和區建一路249號8樓
	電話：02-22281626
	傳真：02-22281598
	e-mail：ink.book@msa.hinet.net
網 址	舒讀網http：//www.sudu.cc

法律顧問	巨鼎博達法律事務所
	施竣中律師
總 經 銷	成陽出版股份有限公司
電 話	03-3589000（代表號）
傳 真	03-3556521
郵政劃撥	19785090 印刻文學生活雜誌出版股份有限公司
印 刷	海王印刷事業股份有限公司

港澳總經銷	泛華發行代理有限公司
地 址	香港新界將軍澳工業邨駿昌街 7 號 2 樓
電 話	852-27982220
傳 真	852-31813973
網 址	www.gccd.com.hk

出版日期	2019年 10 月	初版
	2020年 4 月 20 日	初版八刷
ISBN	978-986-387-310-5	
定 價	280元	

Copyright © 2019 by The Central News Agency
Published by INK Literary Monthly Publishing Co., Ltd.
All Rights Reserved
Printed in Taiwan

國家圖書館出版品預行編目資料

做伙走台步: 疼入心肝的24堂台語課
／中央社「文化＋」採訪團隊 作.
-- 初版. -- 新北市：INK印刻文學, 2019.10
面； 公分. --（印刻文學；610）
ISBN 978-986-387-310-5（平裝）

863.3   108013653